Divórcio

Ricardo Lísias

Divórcio

Copyright © 2013 by Ricardo Lísias
Todos os direitos reservados

Grafia atualizada segundo o Acordo Ortográfico da Língua Portuguesa de 1990, que entrou em vigor no Brasil em 2009.

Capa
Retina_78

Imagem de capa
skye.gazer/Getty Images

Revisão
Rita Godoy
Joana Milli
Fatima Fadel

CIP-Brasil. Catalogação-na-fonte
Sindicato Nacional dos Editores de Livros, RJ.

L753D
    Lísias, Ricardo
        Divórcio / Ricardo Lísias. — 1ª ed. — Rio de Janeiro: Objetiva, 2013.
        240 p. ; 23 cm.

        ISBN 978-85-7962-232-8

       1. Romance brasileiro. I. Título.

13-01539   CDD: 869.93
                               CDU: 821.134.3(81)-3

4ª reimpressão

[2016]
Todos os direitos desta edição reservados à
EDITORA SCHWARCZ S.A.
Praça Floriano, 19 — Sala 3001
20031-050 — Rio de Janeiro — RJ
Telefone: (21) 3993-7510
www.objetiva.com.br

Divórcio

Quilômetro um
um corpo em carne viva

Depois de quatro dias sem dormir, achei que tivesse morrido. Meu corpo estava deitado na cama que comprei quando saí de casa. Olhei-me de uma distância de dois metros e, além dos olhos vidrados, tive coragem apenas para conferir a respiração. Meu tórax não se movia. Esperei alguns segundos e conferi de novo.

A gente vive a morte acordado.

Nos momentos seguintes, não sei o que aconteceu. Tenho pontos obscuros na minha vida entre agosto e dezembro de 2011. Neles, devo estar morto.

Senti que tinha caído no chão. Não me lembro do impacto. Não faz diferença. Estendi o braço direito e ele se chocou com a cama. Ardeu porque meu corpo estava sem pele. O caixão continuava ali. De alguma forma, meu queixo acertou o joelho esquerdo. A carne viva latejou e ardeu. Como o choque foi leve, não durou muito. A sensação de queimadura também passou logo. Mesmo assim, meus olhos reviraram. Alguns desses movimentos são claros para mim. Estão em câmera lenta na minha cabeça.

Outra vez estendi o braço direito e ele tocou o caixão. O cadáver sem pele ainda me obedecia. Tentei abrir os olhos para confirmar se continuava morto na cama nova. Não consegui. Meu estômago encolheu. Senti falta de ar. É difícil respirar com tanta escuridão. O coração dispara. Veio-me à cabeça o dia em que minha ex-mulher demorou para fazer alguma coisa enquanto eu me afogava. Tive dificuldade para abrir os olhos. Minhas mãos latejavam. Um clarão distante me deixou com tontura. Um corpo em carne viva é quente.

Com o braço direito, virei para conferir se o caixão continuava no mesmo lugar. Agora, distanciei-me um pouco. Respirei fundo. O clarão se aproximou. Talvez controle a tontura se, em pé, apoiar meu corpo na parede. Antes, preciso de mais ar.

Encostei-me em uma estante de livros. Balançou. Forcei o joelho. Minhas pernas continuavam fracas. O clarão sumiu porque minha vista escureceu. Tem mais alguém aqui, perguntei. Tem mais alguém aqui? Ninguém.

Não me lembro das horas seguintes. Por volta da meia-noite, nervoso por ter enlouquecido, saí para andar. Quando cheguei a uma avenida bastante movimentada, fiz a primeira das muitas promessas que colocaria na cabeça nos meses seguintes:

Morro só mais uma vez.

*

Logo depois do divórcio, um dos meus maiores problemas foi o ar. Na rua, respirava fundo e o fôlego não atravessava a garganta. Achei que, caminhando rapidamente, meu tórax se comprimiria um pouco. Fiz força, mas não deu certo. Voltou-me à cabeça o meu cadáver no cafofo.

Olhei ao redor. Se morri, não posso estar vendo essas luzes. Alguns carros diminuíam a velocidade, outros paravam apenas no farol. O ar desapareceu de novo e acelerei ainda mais. Senti tontura. Se caísse, ninguém perceberia.

Ninguém, uma palavra que ecoaria na minha cabeça com mais frequência que a imagem do meu corpo sem pele no caixão do cafofo.

Quem pensa sem ar: ninguém, por exemplo. Você pode chorar desesperadamente na avenida mais importante da América Latina. Ninguém vai te ajudar. Ninguém me perguntou nada quando entrei na linha errada do metrô e olhei confuso para o letreiro. Eu precisava que um velho me dissesse algo, ou uma moça, mas ninguém me olhou no metrô de São Paulo no pior dia da minha vida.

Percebi que andar rapidamente não resolveria. O ar, como ninguém, não aparece. Controlei a tontura. De novo, tudo estava ruindo. Ao ruir, o mundo roda. Minhas pernas são fortes. De repente, um lapso de orgulho que só hoje noto. Naquele momento, ninguém se importaria com as minhas pernas. Ninguém. Afastei-me um pouco da rua pois, se caísse, seria atropelado. Vi algum movimento na calçada. Preciso ficar por aqui.

Devagar, passei em frente a um ponto de ônibus. Se desmaiar agora, vou ser visto. Fiquei ali tentando respirar fundo por um bom tempo. Procurei refazer na cabeça o que tinha acontecido. Não consegui. Ninguém ofereceu ajuda. Então, parei por alguns instantes para checar meu corpo. Percebi algum alívio ao notar que minhas pernas estavam cansadas. Alguma coisa clareou na minha vista. Estava amanhecendo. Eu tinha andado muito. Estou vivo.

*

No caminho de volta, foi um erro acelerar. Perdi o fôlego outra vez. Respirei fundo e minha garganta deu a impressão de inchar. Pela segunda vez em poucas horas, veio-me à cabeça a imagem da minha ex-mulher sem fazer nada enquanto eu me afogava.

Parei de andar e sentei em um muro. Um ônibus passou bem perto. Ouvi três garotos conversando. Estou em um lugar movimentado. A conclusão me acalmou. Percebi que o ideal era respirar devagar. Sinto-me fraco.

Ainda sentado, planejei o caminho de volta. Se não desse certo, ao menos estava pensando em alguma coisa. Percebi também que não deveria me apressar. Com nada, repeti em voz baixa. Não posso me apressar com nada.

A insônia causa muita irritação. O coração dispara e, com isso, o fôlego desaparece. Falta ainda mais ar. Quando comecei a caminhar de novo, meu estômago apertou.

Aos poucos, consegui ar suficiente para caminhar em um ritmo normal. Estou com fome. Na porta de uma padaria vi que não tinha dinheiro. Ao atravessar a rua, a umas cinco quadras do cafofo, de repente o farol abriu e eu fiquei no meio da faixa.

Tive certeza de ter visto, atrás de uma banca de jornal, um dos anõezinhos da minha overdose. Um carro buzinou. Se continuar caminhando, do outro lado da rua os anõezinhos vão me cercar. Voltei para a calçada onde estava antes e minha vista escureceu de novo.

Agora alguém me ajudou.

*

NY, 14 de julho de 2011 (no hotel Riverside Tower)

Apesar de andar muito, o Ricardo é legal. Ele é uma boa companhia: é engraçado e de vez em quando inteligente. É que as vezes (sic) nos intervalos das caminhadas que ele quer fazer o tempo inteiro ele diz coisas inteligentes. Mas eu também não entendo: ele se recusa a ver uma peça da Broadway! Os grandes atores do mundo passaram pela Broadway, mas não adianta dizer isso. Ele não dá atenção.
Mas a viagem está servindo para me mostrar que apesar disso eu casei com o cara certo para mim. Só que apaixonada eu não estou.

*

Não lembro como voltei para o cafofo nem como passei a manhã do quinto dia. Quando por fim liguei o celular, havia quatro mensagens do Marcelo. Ele estava muito preocupado. Tudo bem, respondi. Ele replicou imediatamente: me manda uma mensagem a cada duas horas.

Fiquei comovido com a preocupação dele. De novo senti vontade de chorar. Como minhas pálpebras estavam sem pele, fiz força e evitei. Não aguento mais.

Em outra mensagem, minha mãe avisava que a viagem estava ótima. Ela demoraria para voltar. Excelente. Não tinha coragem para contar o que estava acontecendo e, mais ainda, sentia medo: e se a simpatia da minha ex-mulher tivesse conquistado minha mãe?

Saí para comer alguma coisa e, na volta, resolvi passar em um café. Tomei um gole e vi que minhas mãos estavam tremendo. Derrubei o copo de água na mesa. Logo, uma das atendentes veio e limpou tudo. Vou te trazer outro, falou-me sorrindo. Será que ela percebeu que estou sem pele?

Achei-a delicada e me emocionei. Na hora que saí, fiz questão de agradecer. Ela talvez tenha achado um exagero. Voltando para o cafofo, procurei refazer na memória o rosto da moça. É bonita, concluí.

Não sei o que aconteceu nesse intervalo. Agora, vejo-me de novo na avenida movimentada. Um travesti me olha na porta de uma padaria. Uma mulher linda. É uma das poucas coisas de que me recordo bem: eu achava todas as pessoas lindas. Também me lembro de sentir medo de que os anõezinhos da minha overdose voltassem.

Naquela noite, se estiver organizando direito a memória, não consegui pegar no sono por causa deles. Se fechasse os olhos, as sombras dos anõezinhos começavam a me ameaçar no colchão. De olhos abertos, sentia falta de ar.

*

Tive uma overdose (ou algo parecido) no dia 9 de abril de 1996, por volta das vinte e três horas. Nunca usei drogas com muita frequência, mas experimentei várias durante a faculdade. Tudo começou em um dos gramados da Unicamp com um ponto de ácido. Éramos quatro excelentes alunos. O Léo começou a recitar um rosário de orações em latim e a [X] mostrou que estava de corpete. Os dois casais se formaram.

Entramos no carro. Eu e a [X] ficamos no banco de trás. Meu pau já estava duro, mas afastei a mão dela. Nunca transei na frente dos outros e, com uma exceção (em que fui espectador), sempre fiz apenas com uma garota.

O Léo e a parceira dele saíram do carro para andar. A [X] parou com a cocaína logo. Eu e ela usávamos para transar. Cheirei mais um pouco para fazer papel de forte. Como tinha bebido.

Lembro-me apenas do início da hipertensão. Um monte de anõezinhos começou a me rodear. Alguns gritavam, outros riam. Todos eram feios. Não sei se me debati. Um pouco antes, meu pau tinha ficado incrivelmente duro. A [X] riu e eu cheirei a última carreira da minha vida.

Acordei no Hospital de Clínicas da Unicamp, onde os alunos costumam dar plantão à noite. Uma garota com avental de médica e os cabelos muito longos segurava minha mão direita. Ela sorriu, quase meiga. Pensei na [X], mas era minha mãe que estava sentada em uma cadeira, a dois metros de mim.

Nunca mais vou usar drogas, falei em voz alta. Ela não acreditou, mas faz quinze anos que mantenho minha promessa. Comecei a escrever porque, entre outros motivos, sabia que minha mãe ficaria orgulhosa. Mas, no lançamento do meu primeiro livro, a felicidade dela não era maior que a tristeza ao me ver no hospital.

A overdose me mudou. Tornei-me um pouco mais calado. Não é bem isso: se não estiver acostumado ao ambiente e às pessoas, retraio-me. Não consigo sair para dançar. O olhar e a mão no meu rosto me excitam.

*

Eu e a [X] continuamos amigos. Nunca mais transamos. Ela me contou que durante os meus dois primeiros dias no hospital, quando fiquei a maior parte do tempo inconsciente, os três passaram horas rezando. Só o Léo era sinceramente religioso.

Somos da mesma geração: fizemos trinta anos no meio da primeira década do século XXI, quando a universidade brasileira já estava em crise. A [X], como alguns dos meus colegas mais talentosos, saiu do Brasil atrás de condições um pouco melhores.

O papel em que escrevi isso está datado: 13 de agosto de 2011. É a primeira linha que redigi depois que saí de casa: a [X] está nos EUA. Os anõezinhos não podem voltar. Adoro dar aula.

Durante todo o segundo semestre de 2011, além de começar a correr seriamente, preenchi muitas folhas com frases autobiográficas. Além disso, fiz mil outras anotações.

A [X] aparece em sete delas. Ela gostava de lamber, muito devagar, toda a extensão do meu pau, mas raramente o colocava dentro da boca. Depois da overdose, também nunca mais cheirou. Um dos namorados dela era fedido. A [X] nunca foi ao lançamento dos meus livros. Casou com um americano sério e vai ficar por lá para criar as duas filhas.

Alguns dias depois de eu ter saído de casa, chegou um e-mail da [X]. Salvei tudo o que escrevi e recebi naquela época. Eu tinha aberto o computador para mandar uma mensagem agredindo minha ex-mulher. Logo depois, enviei uma declaração de amor. O terceiro e-mail foi para o advogado superdidático que ela tinha contratado. Também o ofendi bastante. Eu não aceitava ninguém frio ou pretensamente imparcial na minha frente. Naquela manhã, a [X] me escreveu dizendo que o Pedro tinha contado tudo para ela.

Querido, é a segunda vez que estou rezando por você. Sei que está muito difícil, mas vou te dizer uma coisa: essa mulher fez a maior

*

19 de julho de 2011
Casei com um homem que não viveu. O Ricardo ficou trancado dentro de um quarto lendo a vida toda.

*

No sexto dia, com o corpo sem pele queimando apesar do frio, não me senti morto: tive certeza de ter enlouquecido. Eu acabara de escrever um SMS chamando minha ex-mulher de puta quando, na metade de uma frase autobiográfica, achei que estava vivendo um dos meus contos.

Com certeza eu assinaria essa história.

Era uma frase sobre a minha avó que morreu no dia dos atentados ao World Trade Center. Quase na mesma hora, aliás.

Para continuar, tentei fixar os olhos na folha, mas não consegui. Apertei o lápis e a carne viva latejou. Será que tudo não passa de um conto que estou escrevendo? Senti uma enorme pressão na cabeça. Já aconteceu com uma personagem minha, o Damião.

Apaixonei-me pela minha ex-mulher no dia do lançamento de *O livro dos mandarins*. Não aconteceu nada: ela não escreveu esse diário e não cobriu o Festival de Cannes de 2011 para um jornal. É só um conto.

A tontura me jogou na cama. Mesmo no inverno, o calor do meu corpo descarnado me queimava. Mandei outro SMS. Não sei o que disse. Se tiver enlouquecido, nunca mais vou olhar para os meus amigos. Depois, sentei no chão. Mandei um terceiro SMS, agora com uma declaração de amor. Na resposta, ela me chamava de idiota.

Só pode ser ficção. No meu último romance, *O céu dos suicidas*, o narrador enlouquece e sai andando. Agora, fiquei louco e estou vivendo minhas personagens.

Acabo de achar a folha com as frases autobiográficas que redigi naquele dia. Um pouco abaixo do meio, depois do comentário sobre o enterro da minha avó, escrevi várias vezes com caneta vermelha:

ACONTECEU NÃO É FICÇÃO

*

Para os amadores, a largada da corrida mais famosa do Brasil é um caos. Você tromba com todo tipo de gente fantasiada, políticos fazendo campanha, ambulantes vendendo cerveja (algumas pessoas bebem para se acalmar) e aquele pessoal que caminha um ou dois quilômetros erguendo uma faixa enorme. Contei sete figuras agradecendo uma promessa alcançada em 2011. Ainda preciso de quinze quilômetros para fazer o mesmo, pensei.

Por causa dos aventureiros, demorei mais ou menos quinhentos metros para começar a correr. Na verdade, senti que estava mesmo na São Silvestre apenas no final da avenida Paulista.

Virei corredor porque, além da insônia, o divórcio me deixou com a respiração muito irregular. Foi também a maneira que encontrei para achar uma rotina e retomar o equilíbrio. Cinco meses depois de ter saído de casa, quatro de treinamento e um cheio de esperança de ter uma vida normal de novo, ouvi o tiro de largada. Eu queria muito concluir a prova, mesmo se precisasse andar um pouco.

Quando deixei a avenida Doutor Arnaldo em direção ao Estádio do Pacaembu, começou a garoar. Cem metros depois, o asfalto molhado me causou um escorregão. Não caí, mas notei que estava empolgado e diminuí o ritmo.

*

29 de julho: casei com um homem que não sabe dirigir e nunca se preocupou em comprar um apartamento. Por que me casei com um homem que não fez uma poupança?

*

Os recados que escrevi para mim mesmo ajudaram muito. Às vezes, deitado, abria os olhos e pegava um deles para ter alguma ideia do que fazer se conseguisse levantar. Pedir dispensa das aulas por algum tempo. Não esquecer o banho. O aluguel do cafofo vence dia quinze.

Com um pouco mais de ânimo, tentei reproduzir uma partida de xadrez que tinha visto na internet. Não consegui me concentrar. Ter perdido uma das capacidades que mais cultivo, a de mergulhar com o máximo de profundidade dentro de mim, deixava-me bastante irritado. Então ofendi minha ex-mulher.

Que tipo de pessoa deixa no caminho do homem com quem se casou há quatro meses um diário com esse conteúdo? Repeti a pergunta várias vezes. Com quem me casei?

Por mais que me esforce, não tenho nenhuma memória do sétimo dia. Uma semana fora de casa. Não fiz nenhuma nota autobiográfica nessa data. Acho que sei a razão: naquela noite, saí de novo para andar. Agora, não perdi o fôlego. Minha vista também não escureceu.

Devo ter caminhado por duas ou três horas. As madrugadas do inverno de São Paulo nem sempre são frias. Os travestis usam pouquíssima roupa.

Eu continuava muito sensível. Um carro diminuiu a velocidade e agrediu um travesti feio. Fiquei irritado e respondi.

*

29 de julho: casei com um homem que não sabe dirigir e nunca se preocupou em comprar um apartamento. Por que me casei com um homem que não fez uma poupança? Fui eu que paguei o restaurante da Torre Eiffel e também o Alain Ducasse. Eu posso dizer que isso é casamento? O Ricardo não percebe a diferença desses lugares para qualquer restaurante de esquina e se comporta do mesmo jeito. Acho que ele sempre vai ser o simplório que é.

*

No começo, a São Silvestre é barulhenta. Do outro lado do cordão de segurança as mulheres que não correm incentivam os maridos. Vi várias cuidando de uma criança. Seu pai não vai demorar muito para voltar.

Mesmo os corredores falam sem parar logo após o tiro de largada. Como são muitos participantes, não dá para correr no início. Fiquei incomodado e, em zigue-zague, tentei achar um espaço.

Um locutor e uma música alta cuidam de animar o pessoal. Na frente da câmera de televisão, bastante gente grita. Mas aos poucos os corredores mais sérios começam a economizar fôlego.

Depois de dez minutos, notei um silêncio impressionante. Com um pouco de concentração, tudo o que se ouve são as passadas dos atletas. Tive certeza de que estava tranquilo quando distingui claramente as minhas.

É tão silencioso quanto viajar para um lugar desconhecido. Se não entender nada do idioma das pessoas que o cercam, você é obrigado a mergulhar no próprio universo e descobrir-se de novo. Como se estivesse nascendo.

*

Tenho uma lembrança muito sofrida em Buenos Aires, especificamente no Aeroporto de Ezeiza, onde Perón causou um massacre ao retornar do exílio em 1973. O taxista me contou que se lembrava daquele dia: estava em casa vendo televisão. De repente, cortaram.

Tudo começa com ele dizendo "deixa que eu pego" e vai até quando vejo o corpo desmaiado, no meio-fio do estacionamento do aeroporto, bem ao lado da minha mochila. Ele é careca e gordinho. Minha bagagem está pesada porque comprei um monte de livros.

Embarquei na Plaza San Martí e, quando passamos por trás da Casa Rosada, perguntei se é verdade que há um túnel ligando a sede do governo a algum outro lugar.

Ele me olhou surpreso e deu uma explicação estranha. Não entendi muito bem. O taxista, então, disse que se eu tivesse tempo, pelo mesmo valor da corrida até o aeroporto me levaria a alguns dos pontos de Buenos Aires que se tornaram históricos por causa de Evita Perón.

Aceitei e no final da corrida ele me disse que o Museo Evita vale um passeio. Não deixe de voltar para visitá-lo. Depois afirmou que pegaria minha mochila. A partir daí, lembro-me de tudo. De vez em quando a recordação volta. Ele estaciona o carro, fala um pouco sobre a primeira-dama mais extraordinária que o mundo já teve e sai. A porta dele se fecha antes que eu abra a minha. Ele vai até a parte de trás do carro, tira com algum esforço a bagagem e depois, ao fechar a porta, acerta-a com toda força na própria cabeça. O corpo se estende entre a minha bagagem e o carro.

O porta-malas continua aberto. Algumas pessoas já se aglomeram, mas estamos naquele instante em que ninguém se move. Todos nos certificamos de que o taxista acertou mesmo a porta na cabeça. Apenas isso e não um tiroteio ou um atentado (era dezembro de 2003). Estou parado na calçada a um metro e meio dele. Enxergo claramente a pequena mancha de sangue, imóvel e escura, um pouco acima da testa. Há alguns outros táxis parados. Nenhum muito perto.

Faz um dia de muito sol e eu recordo, agora, que o suor cola a camiseta na pele das minhas costas. O taxista veste uma camisa azul por dentro da calça jeans, apertada por um cinto cáqui já envelhecido. Ele tem uma barriguinha. Minha mochila é verde, com alguns detalhes vinho. Não fechei o zíper de um dos compartimentos laterais. O asfalto da rua parece novo e o piso da calçada está bem cuidado. Não há lojas naquela parte do aeroporto. Acho que estou próximo de um ponto de ônibus. Não tenho nada nas mãos, o que hoje acaba sendo um problema, já que não consigo lembrar onde está a mochila menor que carrego para todo lado. No caminho até Ezeiza, com certeza veio no meu colo.

Então alguém se move em direção ao taxista, desmaiado entre o carro e a minha mochila.

*

Voltei a Buenos Aires em fevereiro de 2004. Antes de sair do aeroporto, fui ver o local onde o taxista tinha desmaiado. No caminho, sofri muito. Fiquei com dificuldade para respirar, minhas mãos coçaram um pouco e meus olhos começaram a projetar uma tensão estranha acima das sobrancelhas.

Tive que parar e respirar fundo várias vezes durante o trajeto. Quando cheguei, consegui identificar perfeitamente o ponto onde o taxista desmaiou. Ele morreu. Não morreu, mas para mim tinha morrido. Sentei-me sobre a mochila, que ficou tombada no mesmo lugar que o corpo dele, e senti muita vontade de chorar.

Depois de alguns minutos, outro taxista se irritou comigo, pois queria estacionar. Ele buzinou e eu fui embora.

Naquele mesmo dia, visitei o Museo Evita. Fica na Calle Lafinur, acho que em Palermo Viejo. Não tenho certeza sobre Palermo Viejo, mas toda quanto à Calle Lafinur. Um nome lindo: Calle Lafinur.

O Museo é fraco e quem já visitou alguns pontos de Buenos Aires que se tornaram históricos por causa da primeira-dama mais extraordinária que o mundo já teve não vai aprender muito. O taxista estava errado. Será que ele me enganou e não sabe nada? A cidade perdeu a graça para mim.

*

19 de julho de 2011: imagina eu tendo um filho com o autista com quem casei. O Ricardo é patético, qualquer criança teria vergonha de ter um pai desse. Casei com um homem que não viveu. O Ricardo ficou trancado dentro de um quarto lendo a vida toda.

Quilômetro dois
um trem passando dentro de mim

A última noite antes de encontrar esse diário é bem clara para mim. Quando minha ex-mulher entra no quarto, estou deitado embaixo de um cobertor grosso por causa do frio. Como de hábito, sem nenhuma roupa. Ela está bastante nervosa e fala ainda mais que o normal.

Primeiro, lista todas as pessoas que poderiam ter enviado o tal e-mail para a Secretaria de Cultura, prejudicando uma indicação para ela trabalhar em um museu. Tinha acontecido na véspera. Peço para ler a mensagem. Ela grita para eu não me envolver no assunto.

Ela se deita e pega um caderno. Estou muito sonolento. Mesmo assim tento abraçá-la. Sem nenhuma hostilidade, empurra-me para o lado dizendo que precisa escrever.

Quando estou quase adormecendo, ouço-a guardando o caderno na gaveta. A gente devia ter um filho. Ela já tinha dito essa frase antes. No começo, repeli a ideia. Não queríamos, respondi. Ela se ofende: as pessoas mudam. Acho que a primeira vez que ela propôs termos um filho foi um pouco antes da viagem de lua de mel para Nova York.

Como não podíamos deixar São Paulo por muito tempo logo depois do casamento, fizemos uma viagem de quatro dias para uma cidadezinha do interior e deixamos a lua de mel de verdade para três meses depois, quando ambos estaríamos de férias. Passamos os primeiros quarenta dias depois da festa sem nenhuma discussão. Por duas vezes nesse período, porém, minha ex-mulher questionou minha postura como escritor e disse que o casamento com certeza me tornaria menos rígido. Quatro meses depois, eu estava apavorado.

*

Perguntei, rindo e sentindo algum acolhimento, se ela queria começar a fazer nosso filho naquele momento. Quando terminei a frase, alguma coisa me emocionou. Outra vez sem nenhuma hostilidade, ela me afastou. Logo, adormeceu.

Demorei um pouco para pegar no sono. Fiquei fazendo algumas contas em voz baixa. Tentei lembrar quanto tinha no banco. Vou arrumar outro trabalho. Talvez faça mais traduções.

E onde vamos colocar o berço? Acho que é melhor levar o resto dos livros para o escritório. Se apertar um pouco, as estantes aqui de casa cabem lá. Depois, quando a gente estiver estabilizado e a criança completar uns três ou quatro anos, podemos arrumar uma casa bem grande. Vou ler menos, mas acho que vale a pena.

Naquela noite tive três sonhos. No primeiro, estava com minha ex-mulher em uma loja comprando uma bicicleta de criança. A imagem custou muito para passar, mas não me lembro do nosso filho aparecer. Devia estar na casa da avó, enquanto comprávamos a surpresa de natal. No segundo sonho, minha filha tinha mais ou menos nove anos e eu estava na escola, com ela sentada perto de mim, esperando para falar com a professora de matemática. Minha filha vai tocar piano, tive certeza. No terceiro, identifico um cassino cheio de luzes. As pessoas falam inglês na maior parte do tempo, mas ouvi também algum espanhol. Minha ex-mulher parece pouco à vontade, como aliás sempre esteve desde que nosso filho começou com o pôquer. Estou cheio de orgulho e tento me concentrar no rosto de cada um na mesa. Tenho certeza de que agora o título e todo aquele dinheiro vão ser dele. Ou melhor, nosso: criei um garoto introvertido, mas muito generoso. Peço uma bebida e minha ex-mulher melhora um pouco a expressão.

Quando acordei, vi que ela já tinha saído para uma entrevista de emprego em uma revista de futilidades e sapatos caros. Depois, iria almoçar com os colegas do jornal para se despedir.

Lembrei-me de uma conta que precisava pagar naquele dia. Abri a gaveta da minha ex-mulher e vi o boleto no meio de um caderno. Li uma frase e minhas pernas perderam a força. Sentei no lado dela da cama e por um instante lutei contra mim mesmo para tomar a decisão mais difícil da minha vida. Resolvi por fim ler o diário da primeira à última linha de uma vez só.

*

Quando terminei, depois de quatro meses de casamento, respirei fundo. Por algum motivo, apurei os ouvidos. O apartamento estava completamente silencioso. Levantei e forcei as pernas no chão, como faço em momentos de crise. Não senti tontura ou falta de ar.

Agora, escrevendo, acho estranho. Fiquei muito calmo. Fui até a sala. Sentei no sofá. Tudo continuava silencioso. Que tipo de pessoa deixa algo assim no caminho do homem com quem se casou quatro meses antes?

Não foi o que pensei. Percebi que minha ex-mulher tinha me torturado por todo esse tempo.

Voltei para o quarto e abri de novo o diário. Reli um parágrafo. Sou capaz de descrever exatamente a sensação: preciso salvar a minha vida. Todas as vezes em que me senti ameaçado — nenhuma com essa intensidade — fiquei muito calmo.

Sem perder tempo, mas com a lentidão dos movimentos calculados, peguei minha mochila. Abri uma gaveta e apanhei o passaporte. Na do lado, guardava quatrocentos reais em casa. Retirei da estante onde tínhamos misturado alguns dos nossos livros (o grosso da minha biblioteca estava no cafofo) o meu exemplar do *Ulisses*. Ele vai comigo. Peguei também um caderninho onde faço anotações e um agasalho. Não sei como estava vestido. Não uso pijama.

Na porta, lembrei-me do pen drive com o que tinha escrito até ali do romance *O céu dos suicidas*. Por sorte estava perto do celular que eu também tinha deixado para trás. Resgatei, no último olhar que dei para o quarto onde tinha feito mil planos, minha agenda de telefones.

Não consigo lembrar o motivo, mas resolvi descer os cinco andares de escada. Cumprimentei o porteiro. Não virei para saber quem estava fazendo barulho no salão onde tínhamos casado. Na rua, senti uma paz estranhíssima. Percebi que não podia ficar ali parado e desci uns cem metros. Então, fiz um raciocínio inesperado: acho que os próximos dias vão ser difíceis, preciso resolver algumas pendências. O que eu tenho de importante para fazer?

*

Olhei confuso para a vizinhança dos últimos quatro meses. Sempre me senti um estranho no bairro. O vice-presidente da república tinha um apartamento do outro lado da rua. Ninguém vai me perguntar o que aconteceu? Lembro-me de que o dono da banca de jornal na esquina me disse bom dia. Não tenho amigos aqui.

Minhas pernas estão fracas. Resolvo ir até o metrô. Uma pequena subida. Parece que a cidade está inteiramente muda. Não percebo o trânsito. Por mero acaso não fui atropelado. Preferi continuar na calçada. Gosto desse pequeno restaurante. As pessoas aqui comem pão na chapa porque querem fingir certo ar de desprendimento.

Não estou sentindo medo (imagino que não, seis meses depois). Preciso apenas fortalecer as pernas para chegar à estação de metrô. Na frente do supermercado, a moça do caixa está olhando para a rua.

Penso em gritar: alguém está me vendo? Mas, por algum motivo, apuro os ouvidos. Tudo continua silencioso, como sempre gostei. Estranho, devo ter raciocinado, é o pior momento da minha vida e o mundo me oferece o que sempre procurei. Sinto uma tranquilidade esquisita.

Alguns minutos depois, minha vista cega. Não tenho na memória como percorri o caminho entre o supermercado e a porta do café aonde tinha ido algumas vezes com a minha ex-mulher. Quando entro, uma moça logo me atende. Não me lembro de pedir nada, mas ela volta com um doce e uma xícara de café.

Agora, por outro lado, minha memória é claríssima: o mundo está muito colorido. Parece a única vez em que tomei LSD. Não há nenhum barulho, porém. Observo as pessoas ao meu redor. Acabo invadido por uma espécie de lucidez eufórica. Uma pressão muito grande vai recair sobre a minha cabeça nas próximas horas. Para sobreviver, preciso voltar e tirar uma cópia do diário que acabei de ler.

Hoje, sinto que não enlouqueci porque algo me fez retornar ao apartamento onde vivi os quatro meses do meu primeiro casamento. Se não tivesse feito isso, nem eu acreditaria.

*

9 de julho: Hotel Waldorf on the Park, NY. É a quarta vez que eu venho a essa cidade. Na primeira, eu tinha 25 anos. Hoje, 13 anos depois, eu sou a maior jornalista de cultura do Brasil. Viajei muito, tenho bastante dinheiro, dois apartamentos próprios e sou casada com um escritor. Minha simpatia é insuperável e eu tenho admiradores em todas as redações do Brasil. Eu seduzo quem eu quiser. Já entrevistei o Brad Pitt. Mas eu vou ainda muito mais longe.

*

Minha volta ao apartamento para pegar o diário é uma incógnita. Não me lembro de nada. A moça fazendo xerox na papelaria, porém, é uma imagem claríssima. Continuo muito calmo. Depois de conferir cada uma das folhas, comprei um envelope e deixei o diário original na portaria. As cópias vieram na minha mochila. Hoje, estão na caixa postal que aluguei só para isso.

Na esquina, parei para tomar fôlego e planejei na cabeça o caminho até o metrô. O mundo continua em silêncio, mas agora eu já não me sentia tranquilo. Preciso atravessar dois cruzamentos. Caminhando, a tontura quase me derrubou por duas vezes. Na segunda, minha vista escureceu.

Respirei fundo de novo. Devem faltar cento e cinquenta metros até a estação de metrô. Lá, os seguranças serão obrigados a me ajudar. Percebi, enquanto andava, que minha pele estava se descolando do resto do corpo. Olhei ao redor e não vi ninguém. A sensação é horrível: não consigo segurar minha pele, mesmo me abraçando. Quando finalmente cheguei à escada do metrô, eu estava em carne viva.

Desci até a plataforma chorando. Ninguém veio falar comigo. Ninguém me perguntou nada. Senti uma pressão muito grande na cabeça, como se um trem estivesse passando dentro de mim. O silêncio continuava. Estou completamente suado. Tento andar, mas a plataforma se inclina. Vou cair.

Resolvo me encostar na parede. Minha vista continua escura, mas enxergo algumas luzes. Também percebo que há muita gente ao meu redor. Ninguém fala comigo. Se eu chorar mais minha imagem vai ser captada pelas câmeras de segurança. Entro em um vagão, porém.

Na estação seguinte, percebo que estou no caminho contrário ao cafofo. Desço e procuro o lugar certo. Não consigo encontrá-lo, mas, como a plataforma me parece mais segura, resolvo andar. Não lembro quanto tempo fiquei vagando. Mas o cansaço afastou o trem que estava passando dentro da minha cabeça.

De repente, meu amigo Marcelo apareceu e colocou a mão direita no meu ombro. Doeu: era carne viva. O que foi, Ricardo? Minha esposa largou um diário para que eu lesse. *21 de julho: casei com o Ricardo atrás de aventuras, mas ele acorda todo dia na mesma hora para escrever.*

*

Minha ex-mulher já tinha me machucado uma vez, em Paris, quando namorávamos. Aliás, foi o único momento antes do casamento em que ela revelou a crueldade que oculta com tanto zelo. Não sei se ela escrevia um diário na França também. Não consigo entender a pessoa para quem eu disse *sim*.

Agora, por exemplo, estou me lembrando do episódio na fila da Notre Dame. Cinco horas para entrar aí dentro? Mas, Ricardo, é um monumento da história humana. A Notre Dame é um monumento da história humana! Joguei-me em um enorme clichê e não percebi.

Na metade da viagem, enquanto cruzávamos a Place d'Italie já no escuro, minha ex-mulher perguntou-me sobre uma namorada que tive há alguns anos. Hoje, ela está em Abu Dabi fazendo apresentações de dança do ventre. Contei isso e ela quis saber como a [X] era na cama. Gostava bastante de sexo anal, respondi. Mulher nenhuma sente prazer com isso. Você não pode falar em nome de todas as mulheres.

Ela chamou a [X] de vagabunda e entrou sozinha em uma farmácia. Quando saiu, tinha esquecido o assunto.

Nem tanto. Assim que fechamos a porta do quarto no 13º arrondissement, minha ex-mulher mostrou o creme lubrificante que tinha acabado de comprar. Recusei-me a lambuzar os dedos. Ela não me ouviu, abaixou a bermuda e a calcinha e ficou de quatro na ponta da cama. Coloca um dedo de cada vez. Você vai ver que eu aguento a mão inteira. Aguento mais que essa vagabunda. Recusei de novo e ela disse que então nosso namoro estava acabado.

E para onde eu vou agora, aqui em Paris?

Quando eu tinha colocado o terceiro dedo, ela arranhou meu peito. Em momento algum me pediu para parar. No quarto, minha ex-mulher cravou a unha e retirou-me uns três centímetros de pele, ao lado do mamilo direito. Até hoje ele é sensível. O sangue começou a escorrer volumoso e manchou o lençol. Ela riu: você é que não aguenta nada. Vou comprar alguma coisa para fazer um curativo. Havia uma farmácia a cem metros de onde estávamos, mas ela demorou uma hora para ir e voltar. Nunca falamos sobre isso.

*

9 de julho: Hotel Riverside Tower, NY. Eu já entrevistei o Brad Pitt. Mas eu vou muito mais longe.

*

A pele ferida me impressiona. No caminho até o aeroporto da minha primeira viagem de avião, percebi que a careca do meu avô tinha um machucado. Fui pensando nele de São Paulo até Santiago do Chile.

Eu tinha quatorze anos e acabara de vencer o Campeonato Brasileiro Infantojuvenil de Xadrez. Viajava para disputar o Pan-americano. Os dois primeiros colocados conquistariam o direito de participar do Campeonato Mundial, dali a quatro meses na Armênia. Meu avô estava exultante. Tínhamos passado as últimas duas semanas nos preparando, junto com o meu professor. Tudo o que eu fazia naquela época era estudar e jogar xadrez, conversar com o meu avô (um pouco menos) e, no tempo que sobrava, lia.

O fusca do meu avô andava muito devagar, o que acabou fazendo o caminho até o aeroporto bem mais longo. Minha mãe estava morrendo de nervosismo: você é muito novo para fazer uma viagem internacional sozinho. Deixa o menino, o pessoal da organização vai esperar no Chile, meu avô retrucou. Eu não conseguia nem falar direito, impressionado com o ferimento na careca dele.

Não me lembro direito de Santiago. Estávamos em agosto de 1989. Pinochet continuava no poder. O Muro de Berlim logo cairia, em uma cena que ficou na minha cabeça. Colecionei muito material sobre a prisão de Pinochet em Londres. De certa maneira, ele faz parte da minha infância. Senti o ar pesado de Santiago do Chile naquele fim de ditadura. Eu já adorava geopolítica.

Não sei o que meu avô disse, mas quando me virei, já na zona de embarque, percebi que ele sorria e procurei o ferimento na cabeça. Era atrás, na região da nuca. Não vi, portanto. Essa é a minha última lembrança antes da primeira viagem de avião, da primeira visita ao exterior e da única vez em que fui campeão. Estava muito feliz.

*

Naquele ano, fui o único brasileiro presente. A Confederação Brasileira de Xadrez estava em crise e minha família se responsabilizou por tudo. Devo a viagem ao meu avô. Talvez por isso a ferida na cabeça dele, afinal de contas superficial e inofensiva, tenha me marcado tanto.

Passei o torneio praticamente sozinho. Devo ter pensado muito no futuro: se me classificar para o mundial da Armênia, vou estudar xadrez o tempo inteiro. Em momentos de crise, preciso de silêncio. Pensar me acalma. Só tem sentido o que é feito devagar.

Até a semifinal, ganhei com certa facilidade todas as partidas. Um garoto da Nicarágua, com o belo nome de Sandino, deu-me algum trabalho, mas entrei em um final de dama e cavalo para mim contra dama e bispo para ele e manobrei até meu adversário errar.

Na semifinal, éramos quatro líderes. Eu, o chileno Ivan Morovic, jogando em casa, um argentino cujo nome não lembro e o americano Nick de Firmian. Os dois vencedores já estariam classificados, pois com certeza empatariam no final para garantir a vaga.

Joguei de brancas contra uma sólida defesa de Morovic. Depois do primeiro controle de tempo, porém, notei que, se trocasse as peças leves que ainda estavam no tabuleiro, ganharia o final de peões com o tempo a mais que meu rei tinha.

Quando confirmei, repassando na cabeça a variante ganhadora pela terceira vez, perdi a concentração. Uma série de fotografias invadiu-me a cabeça. Meu pai derramando uma lágrima na derrota do Brasil na Copa do Mundo de Futebol de 1982. O dia em que dormi pela primeira vez na casa da minha avó. De noite, sozinho no hotel, em Santiago do Chile aos quatorze anos. As sobrancelhas grossas do meu bisavô que sabia falar árabe. Aquela menina para quem, por algum motivo, mostrei minha foto de campeão brasileiro de xadrez. Meus irmãos com o uniforme da escola. Passou um álbum inteiro na minha cabeça.

Respirei fundo, tampei os dois ouvidos com as mãos e retomei a concentração. Sou agora no mínimo vice-campeão pan-americano de xadrez. Vou para o campeonato mundial. Dava para ouvir a respiração pesada de Ivan Morovic, àquela altura já consciente da derrota.

Então, empurrei duas casas adiante o peão da coluna "b". Esse lance, porém, perdia. Eu devia ter movido o de "c". Até hoje não tenho nenhuma explicação. Simplesmente, mexi o peão errado, sabendo que o correto seria jogar "c4" e vencer. De vez em quando ainda penso e tento entender por que fiz isso.

Morovic deu um pequeno pulo na cadeira. Abandonei a partida e subi para o quarto. Minha mãe só ligou à noite e pedi para ela contar para o meu avô. Lembro-me de sentir uma solidão enorme no hotel. Não joguei a última partida. Mexi o peão errado, apesar de saber o movimento correto.

Quando voltei para o Brasil, meu avô estava com a careca curada. Ele nunca me perguntou nada sobre o torneio. Abandonei o xadrez por dezoito anos. Naquele momento, deixei a infância para trás. Tornei-me um adolescente silencioso e muito sensível a tumultos.

*

Na época da viagem ao Chile eu já dormia inteiramente nu. Todo esse diário foi escrito pela minha ex-mulher ao meu lado na cama, quando eu adormecia com o corpo exposto. Agora estou em carne viva.

O cafofo fica perto do principal ponto de travestis de São Paulo. Os carros importados pegam as bonecas, fecham a porta e logo arrancam. Ninguém pode saber. A Ramona diz que se deitou com muita gente importante. Às sete horas da manhã ela está cansada e vai para casa de metrô. Se voltar para Madri, garantiu-me, junta dinheiro para comprar um apartamento.

Passei muito tempo sem me lembrar dos meus sonhos. Aos nove anos, acordava todas as noites depois de ter urinado na cama. Eu tinha pesadelos com um monstro que dividia meu corpo em quatro pedaços. Depois invariavelmente me reconstruía embaralhando cada uma das partes. Eu ficava morto de medo e mijava nas calças.

Minha mãe tentou de tudo. O problema, depois de um mês de sono interrompido, começou a atrapalhar meu rendimento na escola. Por sorte, a coordenadora tinha vivido algo parecido com o filho e, quando minha mãe foi chamada, aconselhou-a: faz o garoto dormir pelado. A urina incomoda muito mais e ele vai parar naturalmente.

Deu certo, mas fiquei muitos anos sem me lembrar do que sonhava. A partir dos vinte, mais ou menos, os sonhos voltaram. Nunca mais usei pijama. Até agora, durmo inteiramente nu.

*

10 de julho: Nova York. Eu estou viajando em lua de mel mas não estou apaixonada. O Ricardo é legal, inteligente e às vezes me diverte, apesar de andar muito. Mas apaixonada eu não estou. Eu não sei o que vai ser quando voltarmos ao Brasil. Eu gosto de ser casada com um escritor. É só esconder certas coisas e pronto. Eu sou uma mulher atraente, não tenho dificuldades para achar amantes, nunca tive. Quanto ao jornal, eu acho que vou sair mesmo. Sou a maior jornalista de cultura do Brasil.

*

Li o diário e saí de casa no dia 6 de agosto de 2011, mais ou menos às onze horas da manhã. Poucos dias depois, tive certeza de ter morrido. Meu corpo sem pele jazia na cama que eu tinha colocado no cafofo. Foi o segundo funeral em que estive na vida: antes, só o da minha avó. Ela morreu no dia em que Bin Laden derrubou o World Trade Center.

Quem ganhou o Festival de Cannes de 1985? Só procurando na internet. Daqui a alguns anos será a mesma coisa com a edição de 2011. Lars von Trier, que foi declarado *persona non grata*, vai demorar um pouco mais para esquecer. Agora, em fevereiro de 2012, quando estou escrevendo, sinto-me curado. Não penso mais o tempo inteiro no assunto. Minha vida está se refazendo.

No segundo quilômetro da Corrida de São Silvestre, começou a chover. Ao meu redor, o silêncio tomou conta dos atletas. Eu estava tranquilo. Meu ritmo logo se estabilizaria e, até ali, não sentia dor alguma. Mas a chuva me deixou com medo. Minha pele nova talvez não suportasse um temporal mais forte.

Passei a mão esquerda no rosto. Não doeu. Olhei para os dois lados e vi um cego correndo com um treinador. Eles estavam unidos por uma cordinha. Fiquei emocionado e me aproximei para ver o que falavam. No entanto, corriam calados. Você vai terminar essa corrida, pensei em dizer.

*

Tenho necessidade de silêncio e, de vez em quando, afasto-me para organizar a cabeça. Quando o meu amigo André morreu, por três ou quatro vezes precisei me isolar para planejar o resto da vida. Sons muito intensos me incomodam. Nunca gostei da batida eletrônica que marcou as festas da minha geração. Com as mulheres, sempre preferi o isolamento.

A literatura serve-me em grande parte para isso: adoro ficar remexendo a linguagem, medindo todas as possibilidades e tentando entender até onde posso ir, para no final pesar o resultado e refletir para saber se o texto realmente me expressa. É a maneira que tenho, silenciosa e discreta, de sair organizadamente da confusão que tantas vezes me assalta por dentro. Se mergulhar nos ruídos do mundo exterior, nos lugares cheios de luzes, música e gente encostando em mim, vou me machucar.

E com esse grau de autoconsciência, casei-me com uma mulher ruidosa e indiscreta. Quando éramos amigos, nunca notei isso. Mas durante o namoro, a falta de controle dela às vezes me atingia. Uns poucos anos antes de me dizer que queria ficar comigo para sempre, minha ex-mulher contou para uma porção de gente, rindo do jeito meigo e ao mesmo tempo espalhafatoso dela, que estava tendo um caso com o secretário de Cultura de São Paulo (não sei se o velhote ainda ocupa o cargo, não vou conferir). Claro que ele é casado. Outro caso foi com o dono de um cinema que depois ela colocou na capa do jornal. No jornalismo, aprendi, pessoas que dão informações privilegiadas chamam-se *fontes*.

Só agora percebo que todo esse barulho às vezes me deixava tenso. Lá pelas tantas, arranjei uma pequena confusão na festa de aniversário de um jornalista que já havia sido subordinado da minha ex-mulher. Na hora, ela me defendeu. No dia seguinte, porém, enviou um e-mail para três amigas que estavam na festa, todas da imprensa, dizendo que com certeza o namoro logo terminaria porque tenho algo de psicopata. Dá para perceber pelo que ele escreve, meninas.

Nessa festa de jornalistas, vários usaram drogas (mas não minha ex-mulher, que sempre fez o discurso moralista a favor da saúde). Vi maconha, ecstasy e três pessoas cheirando cocaína no banheiro. São os mesmos que escrevem denunciando como o Centro está sujo por causa dos usuários de crack que moram por lá. A Ramona desconversa, mas acho que eu devia anotar as placas de alguns carros importados que pegam os travestis aqui atrás do cafofo e depois arrancam sem olhar o sinal vermelho.

De novo, estou cometendo um erro. Pretendia concluir este capítulo dizendo que o choque entre o ruído interno que sempre precisei ordenar e a indiscrição da mulher por quem me apaixonei cegou-me e me fez cometer o maior erro da minha vida.

*

Não sei o que aconteceu no começo da minha primeira noite fora de casa. O Marcelo diz que mandei o último SMS, dizendo "estou bem", um pouco depois das vinte e uma horas. Por volta das quatro da manhã, senti uma enorme tremedeira na mesma mesa onde estou sentado agora escrevendo.

Quando tive a overdose, na Unicamp, aconteceu a mesma coisa. Percebi que havia um peso enorme na minha cabeça. Senti ódio: estou realmente louco. Olha aqui o psicopata, meninas. Não lembro se escrevi ou não um e-mail agredindo minha ex-mulher. Devo ter enviado, sim.

Até agora não sei o que invadiu minha cabeça: mas vi na minha frente um papelote de cocaína aberto e outro fechado. Devo tê-los comprado na rua dos travestis. Não tenho lembrança. Os carros importados gostam de material bom. O resto vai para a cracolândia.

Telefonei às cinco da manhã para outro Marcelo. Ele acordou, ouviu tudo, inclusive sobre a cocaína, e marcamos dali a meia hora na esquina da Brigadeiro com a

Paulista. Não me deixa cheirar de novo. Vamos pichar o Itaú, Ricardinho.

Tomei um táxi e ele logo chegou. Olhou-me como apenas dois homens que se conhecem muito bem são capazes e na mesma hora me abraçou e me emprestou um pouco de pele. Me dá isso. Ele pegou a cocaína e jogou no bueiro. Agora, Ricardinho, vamos pichar o Itaú! Pichar com o quê? Repeti aquela cena ridícula de quem ri quando está chorando feito um doido. Meu primeiro dia fora de casa estava nascendo.

Quilômetro três
*uma lista das qualidades e dos
defeitos do meu marido*

A pele ferida de um rosto e os trens estão na minha lembrança mais antiga. Foi em 1980 ou 81. Minha mãe não soube precisar. Consultar o resto da família seria muito doloroso. Eu tinha por volta de cinco anos.

Fazia muito calor. Meu avô morava em Osasco, uma cidade-dormitório no extremo oeste de São Paulo e nós, do outro lado, na zona leste. Da nossa casa até a dele, o caminho custava mais de duas horas e exigia um ônibus, dois metrôs e por fim a única parte que eu gostava: uma viagem de trem entre a estação Júlio Prestes e a de Osasco.

Para tomar o trem, precisávamos cruzar a pé a rua Santa Ifigênia, naquela época um ponto de baixa prostituição. Obviamente, nunca passamos por ali à noite. De manhã, tudo o que eu enxergava eram os resquícios da boemia pobre: algumas mulheres muito magras e cheias de sono, os bêbados melancólicos e a palidez das lâmpadas vermelhas, contrastando com o sol que já nascia violento.

O suor da mão direita da minha mãe faz meus dedos escorregarem um pouco, mas não quero ficar desprotegido nessa rua, apesar da minha curiosidade.

Normalmente voltávamos depois do almoço. A rua se transformava. As lojas de componentes eletrônicos tinham aberto e animavam a vizinhança dos puteiros. A decadência daquelas mulheres se traduzia para mim no fato de elas acordarem às duas da tarde. Minha mãe insistia para que eu não olhasse as janelas recém-abertas.

Naquele dia específico, ela estava ainda mais séria. Eu e minha irmã (meu irmão mais novo deve ter ficado com meu pai) soubemos o motivo apenas dentro do trem: estávamos indo visitar um primo dela que a ditadura acabara de libertar. O rosto do [X] está muito inchado, então não olhem. Também não façam muito barulho, porque ele ficou com problemas emocionais. Acho que foi essa expressão mesmo: problemas emocionais. Ele ficou com problemas emocionais.

*

[X] aparece no fundo de um corredor, saindo do banheiro onde lavara o rosto. A partir da testa, a água escorre através dos sulcos que a tortura tinha deixado. O olho esquerdo está oculto atrás das pálpebras inchadas. O direito, os militares deixaram intacto. Há um corte na boca e curativos nas duas orelhas. Anos depois, eu soube que ele recebera vários "telefonemas": tapas fortes e simultâneos nos dois ouvidos.

Ele tinha sido preso na fronteira do Brasil com a Bolívia enquanto transportava livros proibidos e alguns papéis cujo conteúdo nunca descobri. Também não sei por que ele ficou um mês na casa do meu avô. Depois, passou mais três se recuperando com os pais no interior de São Paulo e por fim deixou o Brasil. Hoje, vive em Roma.

Não conheço a Itália, mas dizem que os trens não são tudo isso. Adorei o trajeto de Berlim a Bruxelas, mas o que me encantou mesmo foi o passeio de Paris a Versailles em uma hora e meia.

Quando nasci, a ditadura tinha onze anos no Brasil. Os militares deixaram o poder nos meus dez. Eu gostava de jogar bola e matemática era minha matéria preferida na escola. Meu avô tinha medo do movimento pelas Diretas Já. Ele achava que a linha-dura poderia voltar e tentava proibir minha tia de ir aos comícios. Sei que estive em um deles, mas não tenho nenhuma lembrança.

Acho, porém, que o autoritarismo deixou alguma marca no jeito com que as crianças foram criadas na minha família. Tínhamos parentes mais ou menos próximos sendo torturados. Para mim, deve ter sido o silêncio dessas reuniões em que não se devia falar muita coisa.

*

Ideologias em geral e mais particularmente a tendência autoritária que domina a vida pública latino-americana sempre estiveram presentes nos meus textos. Não vou creditar isso exclusivamente a minha lembrança mais antiga. Mas ela me marcou. A lembrança seguinte é mais amena: meu pai emocionado, quando eu tinha sete anos, logo depois da eliminação do Brasil na Copa do Mundo de 1982.

O futebol foi uma das minhas obsessões de infância. Na adolescência, virei um jogador de xadrez, aprendi pôquer e bridge e fiz algumas coleções. Além da política latino-americana, desde que comecei a escrever estive obcecado por Samuel Beckett, a história e a literatura argentina (o que inclui a cidade de Buenos Aires), a psicanálise e as línguas estrangeiras. Meu interesse por jogos continuou, mas em intensidade menor.

Cada uma dessas obsessões durou um tempo variável, conviveu em graus maiores ou menores com as outras e redundou em viagens. Não vou dizer, porém, que viajar esteja entre os meus sentimentos obsessivos. Se o deslocamento geográfico atravessa todas as manias, é algo que me constitui.

Minha tentativa de conhecer Dublin foi um verdadeiro fracasso. Rodei, porém, toda a América do Sul e conheço bem a Argentina. Pergunte-me como chegar a qualquer rua dos bairros mais importantes de Buenos Aires. Explico na hora.

Quanto aos jogos, como disse, fui mais comedido. Ainda assim, depois que parei de jogar xadrez, estive em cassinos no Uruguai e em Portugal. Frequentei por algum tempo as corridas do Jóquei Clube de São Paulo, mas nunca me interessei por nada além de olhar a impressionante beleza dos cavalos e as mãos trêmulas dos apostadores. Devo dizer que nunca perdi muito dinheiro jogando pôquer.

Desde o planejamento inicial de *Divórcio*, tento lembrar qual obsessão tomava conta de mim quando namorei minha ex-mulher e, depois, nos quatro meses de casamento. Não consigo identificar nenhuma.

*

Tenho uma lembrança de infância cuja localização cronológica é impossível. Não sei se estive no misterioso puteiro com oito, nove ou dez anos. Como meus pais ainda não tinham se separado, não posso ser mais velho que isso.

Hoje, não tenho nenhuma notícia da família do meu pai. Com a morte da minha avó, perdi por fim todo contato. A última vez que o vi, a propósito, foi no enterro dela. Uma vez, depois, avistei-o no metrô, mas foi muito rápido.

A família era pequena: ele, minha avó e a prima Ema, que tocava piano. Depois da insistência da vó Julia, fui com meus irmãos e minha mãe à casa dessa prima de origem muito estranha, já que o resto da árvore genealógica simplesmente não existia. O excesso de baratas deixou minha mãe horrorizada e, para chateação da minha avó, saímos ainda nos primeiros acordes.

Agora ela toca em uma casa de espetáculos, minha avó contou alguns dias depois, para se desforrar. No dia da estreia, minha mãe precisou trocar o turno de trabalho e, sem ninguém para ficar comigo, aceitou que minha avó me levasse ao espetáculo. Na porta, foi preciso dizer uma senha. Era um misto de casa de jogos, no quintal dos fundos, com puteiro no andar de cima. No térreo, Ema ficava tocando piano e, pior ainda, cantava.

As pessoas não paravam de olhar para mim. Com toda certeza, duas prostitutas passaram a mão no meu cabelo, o que me excita até hoje. Minha avó estava muito nervosa e me fez prometer que jamais descreveria para minha mãe o lugar. Só muitos anos depois, dei-me conta de que aquilo era o que, na década de 1980, chamavam de "zona". Pedi umas três vezes para ver o andar de cima. As pessoas perto da gente achavam graça. As prostitutas acumulavam o cargo de garçonete e uma delas me ofereceu um suco. Não me lembro das roupas.

Com toda certeza foi a primeira vez que percebi meu pau ficando duro. Achei estranho, mas era gostoso, sobretudo no caminho de casa, quando roçava na roupa.

Pedi para voltar, mas minha avó recusou e aos poucos fui esquecendo. Quis um baralho de aniversário naquele ano e minha mãe ficou brava.

*

Nas minhas anotações, a segunda semana depois de sair de casa foi tomada por ruídos caóticos e pelo enorme medo de ter enlouquecido: tive mesmo certeza de estar vivendo um dos meus textos. Cheguei a me concentrar para mudar o enredo, refazendo folhas de rascunho, remanejando esquemas e sobretudo mudando as personagens. No final do capítulo, porém, voltavam sempre o Festival de Cannes de 2011, Lars von Trier dizendo que compreende Hitler, as guerras de libertação da África e o diário.

Tenho em uma das folhas uma anotação desagradável: meu corpo não para de tremer. Não era um calafrio nem aquelas contrações terríveis que, um pouco mais rígidas, confundiriam-se com uma convulsão. Na segunda semana, tinha leves tremores, como se estivesse o tempo inteiro com um pouquinho de frio.

A sensação é desagradável. Como estava em carne viva, sentia calor o tempo inteiro. Vivia, portanto, um choque contínuo. As roupas eram outro incômodo: roçavam o corpo e me esfolavam.

Dentro do cafofo, o único lugar menos desagradável era o chuveiro. Por algum motivo, ele fazia muito barulho. Os outros ruídos ficavam então mais distantes e, com um pouco de concentração, esquecia-os. Eu me refrescava. Devo ter passado no mínimo quatro horas por dia tomando banho.

Em toda a extensão, a pele do meu pau tinha a textura da glande. A cueca machucava bastante. Embaixo da água, porém, sentia algum alívio. No terceiro ou quarto desses banhos mais longos, como passava muito tempo segurando, tive uma semiereção muito discreta. Ansioso, tentei me masturbar, mas a dor foi insuportável. Apoiei-me na parede por causa da tontura. A temperatura gelada dos azulejos fez a carne viva se contrair e quase escorreguei. Se caísse ali, ninguém me socorreria.

*

23 de julho. E o Ricardo? Por acaso o Ricardo foi para alguma guerra na África? O que ele sabe da vida? Ele não me dá nenhuma das aventuras que eu quero. Eu não tenho nada para sonhar com ele. Nunca o Ricardo me convidou para ir a um lugar com meus vestidos. Em Cannes, na entrevista com o Brad Pitt, eu estava deslumbrante. Se não fosse o dia do casamento, com o Ricardo eu só uso roupa normal. Ele acabou de virar para o lado, deve estar com frio, coitado.

*

Desde que saí de casa até essa primeira tentativa de me masturbar, não dormi mais de quatro horas. Somando todos os dias.

O corpo sem pele causava uma sensação de calor e uma ameaça constante de esfolamento. Deitado, o frio aumentava e o leve tremor, contínuo e discreto, intensificava-se a ponto de quase virar um calafrio. Uma convulsão seria desastrosa. O chuveiro tornou-se o lugar mais agradável do mundo, mas a água corrente estava começando a incomodar meus cabelos. Penteá-los, mesmo que delicadamente, dava dor de cabeça.

Sair de casa à noite me aliviava bastante. O sereno típico daquela época do ano refrescava meu corpo sem pele. Achei uma cueca larga e, embaixo de uma bermuda ridícula que trouxera certa vez da Bolívia, meu pau ficava mais livre e ardia bem menos ao tocar a roupa.

Comecei a procurar ruas desertas, um pouco mais distantes do ponto dos travestis. Um turbilhão de sons me acompanhava. Certa vez, sentei na calçada para ver de onde vinham todos aqueles ruídos. Aqui parado, porém, fico muito vulnerável aos anõezinhos. Deve ter sido meu instante de maior fraqueza desde que tudo isso começou: deitei-me e deixei que me cobrissem, até que fosse asfixiado. Não aconteceu nada e mandei um SMS para minha ex-mulher chamando-a de vagabunda e perguntando se ela precisava ter-me tirado tudo, até meu apartamento. Em um ano de namoro, ela tinha substituído todas as minhas roupas.

Lembro-me nitidamente do meu corpo deitado na rua. Dessa vez ela respondeu logo: "Te dei um monte de presentes, você veio morar nos Jardins. Agora me deixe em paz ou eu vou trocar meus números de telefone." Essa mensagem está gravada no meu celular até hoje. Não sei o que fiz no dia seguinte, mas me lembro de escrever em uma folha de papel almaço sobre minha viagem à Irlanda.

*

Quando publiquei meu primeiro livro, estava obcecado por Samuel Beckett. Acho que apenas as línguas estrangeiras foram para mim uma mania mais duradoura. Parei de levar o xadrez a sério logo depois do Campeonato Pan-americano no Chile e do meu lance inexplicavelmente errado. Voltei a praticar apenas aos trinta e quatro anos. Nesse intervalo, apesar de reproduzir algumas partidas importantes e, aqui e ali, jogar um pouco, dei mais atenção a gramáticas e dicionários de todo tipo. Apesar de saber bem apenas inglês, tenho rudimentos quase inúteis de uns dez idiomas.

Pelas minhas contas, a obsessão por Beckett começou no segundo ano do meu curso de graduação e foi até o meio do doutorado. Durou, portanto, sete anos. Por causa disso, li a obra dele várias vezes, com nenhuma preferência entre a prosa e o teatro. Não gosto da poesia. Nessa fase, todos os outros escritores que caíam nas minhas mãos foram lidos a partir de uma comparação, quase sempre injusta, com Beckett.

Ontem, quando fui preparar esse trecho (escrevo logo depois de acordar, mas deixo tudo arranjado no dia anterior), reli uma parte do que escrevi naquele período. Curiosamente, não encontrei nos meus textos algo que possa dizer que Samuel Beckett tenha me influenciado. Para a minha ficção, com certeza, James Joyce é o autor mais importante. Outro irlandês: fui obrigado a conhecer Dublin.

*

Em 2002, juntei dinheiro para visitar a Irlanda. Minha ideia era ficar uma semana em Londres, para onde não tinha voltado desde o intercâmbio maluco anos antes, e depois passar outros sete dias na cidade de Joyce e Beckett. Achei que seria mais agradável evitar os aeroportos e resolvi tomar um ônibus até onde partem as balsas da costa inglesa. Para não cansar muito, fiz uma parada na feia Birminghan. De lá, tomei outro ônibus para amanhecer no porto e atravessar para a Irlanda.

Duas horas depois, paramos em uma cidadezinha e uma garota entrou e veio sentar ao meu lado. Ela devia ter por volta de vinte anos, carregava apenas uma mochila e, apesar do frio, usava minissaia.

Como parecia gelada, ofereci-lhe uma parte da minha manta. Eu estava agasalhado com o cobertor de lã que minha tia me trouxera do Peru. Muito bonito: tenho-o até hoje. É uma dessas mantas coloridas, não muito compridas e bem quentes.

Ela aceitou e aproximou o corpo do meu. Levantei a divisória entre as poltronas. Logo, encostou a cabeça no meu ombro. Senti no pescoço o hálito quente. Ficamos mais ou menos uma hora assim e então ela levou minha mão esquerda, muito levemente, até o meio das pernas. Segurando meus dedos, empurrou a calcinha para os lados. Notei que estava muito lubrificada.

Comecei a fazer movimentos com o dedo, mas na mesma hora ela interrompeu. Tudo iria acontecer com o trepidar do ônibus. De vez em quando, ela respirava mais fundo e, por três vezes, mordeu meu pescoço. A segunda deixou uma marca por várias semanas.

A garota desceu mais ou menos quando faltavam duas horas para o porto de onde saem as balsas para Dublin. Não me disse nada, não me beijou nem agradeceu pela divisão da manta. Fiquei apenas um dia e uma noite na cidade de Samuel Beckett e James Joyce. Não aproveitei nada. No outro dia bem cedo voltei ao lugar onde, para mim, ela teria descido. Não encontrei ninguém, é claro.

De volta ao Brasil, minha obsessão por Samuel Beckett foi acabando. Meses depois, ficaria maníaco pela literatura argentina, a própria cidade de Buenos Aires, a Guerra das Malvinas e, depois, a literatura contemporânea da América Latina.

*

26 de julho: o meu psiquiatra disse que ajuda se eu fizer uma lista das qualidades e dos defeitos do meu marido. Se ele tiver mais qualidades que defeitos, eu gosto dele.

<u>Qualidades</u>

muito inteligente
tem um futuro brilhante
gentilíssimo
bonzinho com meus amigos
educado
ousado
fiel
atencioso
escritor

*

Mesmo que não me acalmasse muito, resolvi sair para andar todos os dias à meia-noite. Acho que agora estamos na quarta-feira da segunda semana. De maneira nenhuma, conseguia parar com o ridículo ritual de mandar um e-mail agredindo minha ex-mulher e, um pouco depois, outro pedindo desculpas com uma declaração de amor.

Agora, porém, ela tinha arranjado um advogado para o divórcio. Ele faria a intermediação e, curiosamente, repetiu no primeiro contato uma frase que minha ex-mulher não parava de me mandar por e-mail: vamos preservar todo mundo. A desgraçada tinha uma variação: me preserva, sou uma jornalista, me preserva. Nesse dia, por

SMS, ela falou outra coisa: isso não se faz com uma mulher. Além de tudo, resolveu bancar a frágil. Vou ofendê-la de novo.

Lembro-me do primeiro e-mail do advogado almofadinha. Fui tão irônico e desafiador na resposta que ele replicou só com uma frase: sou o advogado dos dois. Mas os dois não vão fazer mais nada em comum, amigo. Entenda, doutor: eu e essa desgraçada não temos mais nada em comum.

Nesse mesmo dia, saí para andar com um pequenino sentimento de satisfação. Tinha dado risada da cara do advogado almofadinha! Consegui fazer com que alguém não me humilhasse e, mais ainda, virei o jogo. Vou rir dele o divórcio inteiro.

Fiquei algum tempo olhando os travestis. Anotei várias placas, todas de carros importados que colocam as bonecas para dentro e depois ultrapassam o farol vermelho com medo de alguém ver.

Percebi que, se meu coração acelerasse, eu praticamente não ouvia outra coisa. Qualquer barulho me incomodava muito. Tenho que andar mais rápido. Disparei no trote. De volta ao cafofo, dormi pouco mas profundamente. Devo até ter roncado.

Acordei aliviado e eufórico: vou fingir que tenho um advogado também e fazer minha ex-mulher me indenizar. Ainda consigo dormir uma noite inteira de novo.

*

No final da segunda semana, percebi que tinha piorado ainda mais. Minha cabeça só pensava no diário da minha ex-mulher e mesmo as necessidades básicas, como comer e ir ao banheiro, não me interessavam.

Não sei se eu tinha algum contato com o mundo externo. Certamente não me encontrei com ninguém. Mesmo assim, criei pequenos hábitos. O principal deles era sair à meia-noite para andar. Com o coração acelerado, não ouvia mais os ruídos que o mundo e o meu corpo tinham começado a produzir depois que li o diário.

Lá pelas três da manhã, voltava ao cafofo. Dormia o tempo que conseguia e depois passava algumas horas na cama descansando e tomando água. Por duas vezes, não tive ânimo para ir ao banheiro e urinei ali mesmo.

Quando achava que minha cabeça tinha se desordenado completamente, percebia que um peso de fato me prendia à cama. Era uma pressão que se irradiava do lado de trás da nuca para o resto. Mas não vou ficar louco, repetia rindo. Àquela altura, já tinha percebido. Então, ligava o computador e mandava um e-mail para o advogado.

Preservar o quê, senhor rábula? Eu tinha um apartamento e uma vida estável. Casei-me e depois de quarenta dias sua cliente foi cobrir o Festival de Cannes e resolveu brincar com a minha vida. Ela te mostrou o garboso diário? O que o senhor acha das guerras de libertação da África? Outra coisa: pare com essa balela de que é advogado dos dois. Você mal sabe escrever. Eu nunca te contrataria, seu cuzão.

Achei também as folhas em que treinei o vocabulário jurídico para fingir que tinha um advogado. Em uma delas, encontrei as contas que fizera para calcular a minha indenização. Minha ex-mulher me devolveu 14 mil reais uma semana antes de assinarmos o divórcio. Do contrário, vou para o litigioso. Imagina o constrangimento que não vai ser o juiz lendo o seu diário.

Foi só uma parte do que gastei para casar. Ela ficou furiosa por ter me indenizado. Mas no pé dessa mesma folha, com as letras tremidas, há uma observação: minha mãe chega da Austrália na terça-feira.

*

Passei os dois primeiros quilômetros da São Silvestre me adaptando. De vez em quando acelerava, mas logo meus batimentos cardíacos deixavam claro que a velocidade precisava diminuir. Não vou ficar no meio: termino essa corrida.

Apenas uma vez, logo depois da largada, pensei no diário. Ainda me impressionava o fato de ele ter sido escrito todo enquanto eu dormia, nu e sem nenhuma possibilidade de defesa. Há duas passagens truncadas: no final, minha ex-mulher cortou uma entrada em francês, provavelmente um e-mail para [X] contando que dali a três dias pediria demissão do tal grande jornal em que trabalhava; muito antes, logo depois do começo, na noite em que mais sentiu ódio de mim, parou uma frase na metade, insinuando que seria fácil me [ferir, esfaquear, matar]. Ou qualquer outra coisa.

Ao encerrar o treinamento para a São Silvestre, já tinha percebido que na verdade minha ex-mulher é apenas uma versão malfeita e ansiosa da classe alta brasileira. Ela adora dizer que teve a infância pobre: subi na vida trabalhando.

*

26 de julho: o meu psiquiatra disse que ajuda se eu fizer uma lista das qualidades e dos defeitos do meu marido. Se ele tiver mais qualidades que defeitos, eu gosto dele.

Qualidades	*Defeitos*
muito inteligente	*vaidoso (caricatural)*
tem um futuro brilhante	*anda demais*
gentilíssimo	*apaixonado pelo próprio*
bonzinho com meus	*pinto*
amigos	*não vai muito ao cinema*
educado	*complicado no meio literário*
ousado	*pensa demais em política*
fiel	*pouco ambicioso*
atencioso	*financeiramente*
escritor	*não sabe dirigir*

Curiosamente, deu 9 x 8, então eu gosto dele.

*

No domingo, tive um pequeno impulso para reagir. Os dias anteriores tinham se resumido a andar de madrugada o tempo que aguentasse e, depois, ficar agredindo minha ex-mulher e o advogado dela por e-mail ou SMS.

Fiz uma série de anotações nesses dias. A maioria listava como eu poderia ridicularizar o advogado. Oi, rábula, e hoje o almofadinha vai querer preservar o quê? Não precisa ser tão didático, doutor. Acho que o pior foi quando ele disse que intermediaria a retirada das coisas que tinham ficado na casa da minha ex-mulher. Aí, ouviu o que nunca tinha imaginado quando lia o Código Civil e o de Boas Maneiras na faculdade.

Olha, pateta togado, vai tomar no cu. Não aparece na assinatura do divórcio não, certo? Vai que fico nervoso e arrebento essa sua cara de almofadinha. Minha ex-mulher não te avisou que sou perigoso? Esqueci de dizer: você escreve muito mal. No curso de rábulas não ensinam a escrever? Você é uma besta, senhor advogado.

Na casa da vagabunda estavam quase todas as minhas roupas, os livros que não vieram para o cafofo no casamento, minha pequenina coleção de tabuleiros e peças de xadrez, vários clássicos do cinema e alguns documentos pessoais. Se você mexer em alguma coisa, adverti por SMS no mesmo dia em que fui embora, coloco seu diário na internet. Minha ex-mulher estava no almoço de despedida do jornal quando avisei que tinha achado e lido o diário. Morro de inveja dos colegas dela. Deve ter sido um espetáculo.

Na madrugada de segunda-feira, refiz minha lista de prioridades para tentar retomar algum equilíbrio: dar muita risada da cara dela e desse advogado; tentar andar de manhã; não me esquecer de comer; esboçar um conto; voltar a falar com as pessoas; confirmar o curso de narrativas curtas; retomar aos poucos *O céu dos suicidas*. Preciso encerrá-lo em novembro.

E tenho que pensar em como vou contar para minha mãe.

*

Na segunda-feira pela manhã, depois de uma noite em claro, andei mais ou menos noventa minutos nas imediações do cafofo. Apesar do sono, comecei a me sentir melhor. Acho que li um pouco. Na hora do almoço, vi que o rábula tinha me escrito, cheio de timidez, para avisar que um caminhão entregaria todas as minhas coisas no dia seguinte. Respondi chamando-o de advogado de merda. Se a sua cliente roubar alguma coisa, vou colocar o diário dela na internet. Ela já contou, a sua cliente tão frágil, o que fez nos quatro primeiros meses de casamento?

Logo, chegou um e-mail da própria, pedindo o número da minha conta. Ela aceitava todos os meus termos e o valor da indenização. Espero, Ricardo, que em nome dos nossos momentos felizes, depois disso você me preserve.

Santander, ag. 3831, cc 01001217-3. Não tenho coragem de reproduzir o resto do e-mail que escrevi.

Cheio de raiva, saí para andar de novo. Senti um peso enorme nas coxas, mas, mesmo assim, acho que consegui mais ou menos quarenta minutos. Quando voltei, um funcionário da faculdade onde trabalho estava tocando a campainha do cafofo.

Oi, professor, que bom que te encontro. Telefonamos a semana passada inteira. O senhor não vai voltar a trabalhar? O senhor foi dispensado só da primeira semana de aula. Estamos preocupados.

Ao entrar, percebi que tinha passado duas semanas sem atender ao telefone. Na caixa de e-mails havia mais de duzentas mensagens para responder. O banheiro estava limpo. Não me lembro de ter encomendado pizza, mas achei duas caixas com restos no chão. Algumas roupas estavam jogadas do lado da cama e no canto oposto à porta do banheiro eu tinha cagado em cima de um lençol. Respirei fundo e percebi o cheiro horroroso do galpão onde vim morar.

Então, abri a janela.

Quilômetro quatro
só morro mais uma vez

Abri a janela mas o vento frio começou a me incomodar. Um corpo sem pele é muito sensível. O calor aumenta a impressão de queimado, e o frio, por sua vez, parece que vai direto para os ossos. É impossível sentir algum conforto. Resolvi fechar tudo e, quando respirei fundo, meu estômago revirou.

Pela primeira vez desde que saí de casa, tive fome. Abri a geladeira esperando encontrar um monte de comida estragada. Não achei nada. De onde saiu a água que tomei nessas duas semanas? Procurei me concentrar para ver se lembrava o que tinha comido, mas apenas as caixas de pizza no chão me deram alguma ideia. Achei também uma embalagem de pastel.

Resolvi comer fora. Antes, tirei o grosso da sujeira e deixei o cômodo ventilando. O cafofo é um galpão com um banheiro no fundo (o chuveiro improvisado depois foi substituído por outro bem melhor) e uma janela grande na parte da frente, ao lado da porta. No total, deve ter trinta e seis metros quadrados. Como meus livros não cabiam na casa onde iríamos morar, aluguei-o um pouco antes do casamento.

As paredes estão contornadas por estantes. Também não me lembro de quando comprei a cama, mas ela está encaixada entre seis caixas de livros que não tenho onde colocar. Estou escrevendo sentado no colchão, em uma mesa de rodinhas que trouxe do apartamento antigo.

O cafofo fica nos fundos de uma casa bem grande onde mora uma família de seis pessoas. O pai tem uma empresa de softwares e a mãe passa o dia cuidando do jardim e se equilibrando entre os horários das quatro filhas. O quintal à minha direita dá para uma outra casa ainda maior. A dona, uma senhora sem filhos e cercada de sobrinhos, cuida de vinte e seis cães.

*

Joguei fora quase tudo que estava no chão do cafofo. Encontrei três garrafas de água mineral. Devo tê-las comprado na padaria onde descansava das caminhadas noturnas. O resto, tirei da pia. Passei um desinfetante forte e o cheiro acabou me causando tontura.

Deitei um pouco. Quando vi, tinha chegado a hora de sair para a faculdade. Sou professor de gramática da língua portuguesa em um centro universitário especializado em tecnologia mais ou menos próximo ao cafofo. O diretor tinha me dado sete dias de licença, mas agora eu precisava voltar.

Na frente da sala, minhas pernas ficaram fracas de novo. Eram cerca de oitenta alunos. Todos sabiam que eu tinha ficado uma semana fora por causa de um problema emocional. Notei que vários percebiam a minha fragilidade.

Preciso trabalhar. Se vocês colaborarem e fizerem os exercícios, o semestre é tranquilo. Não costumo reprovar ninguém, mas espero que a parte de vocês seja cumprida. Costumo dar liberdade para os alunos: não saiam dos limites. O curso se chama "Língua Portuguesa", mas é quase inteiramente voltado à redação de textos técnicos e profissionais.

No resto do tempo, expliquei alguma coisa mais básica. Os alunos são jovens, quase todos na casa dos vinte anos. O maior desejo deles é ir embora mais cedo. No entanto, caso se sintam bem com o professor, costumam aderir a tudo. Comigo, perceberam meu corpo sem pele. Se assoprassem, eu cairia. Por isso, ninguém respirou durante a aula.

Na saída, um rapaz me ofereceu chiclete. Vi os seus livros, professor. Uma menina acenou da porta. Que bom que o senhor está melhor. Os alunos foram saindo em fila, muitos sem saber o que fazer e, portanto, olhando para o outro lado. Dois me deram tapinhas nas costas. Doeu por causa da carne viva.

*

Depois da aula, passei em uma lanchonete perto do cafofo. Não sentia fome, mas estava preocupado com a perda de apetite e, sobretudo, a irregularidade dos meus horários. Tenho aqui uma folha em que fiz uma tabela tentando me reorganizar.

Minha ex-mulher tinha conseguido, com a violência com que me tratou depois de voltar do Festival de Cannes, destruir minha tranquilidade. Perdi a pele do corpo, pensei na frente da lanchonete, e a capacidade de organizar a minha vida. Mas vou conseguir fazer planos de novo. Só morro mais uma vez.

Não vou perder tempo na fila da Notre Dame. Pior do que a Broadway, só a off-Broadway. Gente que se empolga com tudo é vulgar. A resposta para tanto clichê é simples: minha ex-mulher adorou o restaurante do Alain Ducasse, em Nova York. O restaurante da torre de Montparnasse também cobrou caro. Eu não tinha dinheiro para ir a nenhum dos dois.

*

Comi metade do lanche e meu estômago revirou. Senti vontade de vomitar, mas não consegui e perdi o fôlego. Logo, um garçom trouxe um copo de água e uma moça saiu da cozinha para bater nas minhas costas. Ela começou a afagar, muito levemente, meu ombro. Como estava em carne viva, doeu. Senti a pele dela em contato com o meu corpo.

Bebe um pouco de água. Obedeci e ela me pediu para respirar fundo. Não deu muito certo, mas aos poucos o ar começou a voltar. O dono do restaurante veio saber se estava tudo bem e uma cliente, em uma atitude bem brasileira, falou que a moça devia me abanar. Deu uma ordem.

Quando fui embora, estava melhor. Tirei a camiseta para sentir o sereno no ombro, no mesmo lugar em que a moça tinha me afagado. Ela é uma pessoa boa, o dono do restaurante também. Os meus alunos foram receptivos. Dois professores vieram conversar comigo, daquele jeito de quem não quer nada, só para me deixar à vontade. As pessoas são todas assim. Vou escrever um e-mail:

Não é possível que o nosso casamento terminou desse jeito depois de quatro meses. Eu não penso em outra coisa. Quero voltar para casa. A gente precisa reconstruir tudo. Eu te perdoo.

*

NY, 11 de julho de 2011

Hoje almoçamos em um restaurantezinho legal na sexta avenida com um amigo do Ricardo que dá aula em Princeton. Um casal simpático, o cara falou quase o tempo inteiro dos livros do Ricardo e das faculdades brasileiras e americanas. Quando chegou o prato, ele pegou o garfo errado e o garçom teve que corrigir. A pessoa consegue ser professor de Princeton mas não sabe usar talher em um restaurante um pouco melhor.

*

Ainda antes de amanhecer, acordei ansioso mas não encontrei nenhuma resposta. Escrevi outro e-mail:

Mudei de ideia, nunca mais quero olhar para a sua cara suja e oportunista. Você se aproxima das pessoas para ganhar alguma coisa.

Alguns dias antes de encontrar o diário, quando já tinha certeza de que havia algo estranho com a minha ex-mulher, uma declaração dela, depois de encontrarmos o editor de cultura de um jornal especializado em economia, incomodou-me muito. Ele agradeceu a indicação de um jovem jornalista para uma vaga que precisava ser coberta com urgência. Aparentemente o rapaz estava se saindo bem.

Ela foi didática na explicação que me deu: você nunca vai entrar em uma redação sem ser indicado. Alguém ali te conhece ou foi atrás de informações sobre você. É o mesmo sistema com as *fonte*s. Jornalismo é *fonte*, repetiu a frase que eu já tinha ouvido. Jornalismo é *fonte*. Depois, se você precisa, ela te ajuda também. O jornalismo é uma rede.

E tem mais: tenho o direito de ser indenizado. Só não vou para o divórcio litigioso se você me devolver 14 mil reais. É só uma parte do que gastei no casamento. Na sua posição, eu aceitaria. Meu advogado disse que, se formos para a justiça, você vai perder muito mais. Sem falar do constrangimento que vai ser mostrar esse diário ao juiz.

Naqueles dias, inventar o advogado foi uma das minhas distrações. Fiz vários esboços, como se ele fosse uma personagem. O advogado que conseguiu o ressarcimento é um cara magro, de óculos e fã do melhor jazz americano; um jovem professor de direito em uma faculdade perto de São Paulo que adora carros antigos, mas ainda não tem dinheiro para comprar nenhum; e uma mulher que faz meditação e garante que, qualquer hora, larga tudo para morar em um retiro no sul do Brasil. Quando mandei esse e-mail, vi que tinha acabado de chegar outro do advogado que ela tinha contratado. Esse existe mesmo e, eu iria descobrir alguns meses depois, não é dos piores. Mas deve ter se arrependido do trabalhinho que pegou.

*

Senhor Ricardo,
Gostaria de lembrá-lo de que no curso do divórcio serei advogado das duas partes. Em tese devo estar presente no ato de assinatura do documento.

Aguardo suas considerações, att, [X].

Então, senhor [X], não sei de qual curso o senhor está falando. Muito menos de qual tese. Vou dizer uma coisa, meu caro [X], curso de direito hoje em dia tem em qualquer esquina. Não me venha falar em tese, tese quem fez fui eu. Aliás vou te dizer: não entendo por que tenho que chamar advogado de doutor. Que tese o senhor doutor fez? E não me venha dizer que é advogado dos dois, porque foi contratado pela transtornada. Você só pode ser igual a ela. Então não me venha falar em curso, porque você fez um que muita gente faz em todas as esquinas do mundo, tese você não tem ideia do que é. Sabe, [X], você no fundo me acha um idiota por ter entrado nessa situação. Não precisa me dizer, cale a boca.

Agora, meu caro, as considerações que você tanto quer:

a) Indenização do valor comunicado na minha conta até sexta-feira;

b) Todos os custos do divórcio pagos pela sua brilhante, equilibrada e honesta cliente;

c) Não apareça no cartório, [X], porque eu sou perigoso e já estou com raiva das suas teses e dos seus cursos.

Mas, continuando, acaso a sua cliente, aqui copiada para deleite particular (já que é sádica), contou ao senhor as teses que ela desenvolveu no diário que resolveu escrever depois que eu dormia? Claro que não, porque no curso da vida já descobri que ela adora falar apenas das teses que interessam para ela. Vou então transcrever uma linha para o senhor dar curso na história: *Por que me casei com um homem que não fez uma poupança?*

Fica agora estabelecida, no curso desse e-mail, uma nova consideração:

d) No curso do divórcio, a cada dia que vocês me enrolarem, vou mandar ao douto advogado, com cópia para a autora (para garantir a veracidade), um trecho do douto diário. Aí aproveito para ir digitando.

Corre, transtornada!

A propósito, seu [X], ela já está tentando te seduzir? Ela é simpática, meiga e compra muitos presentes.

No começo do namoro, sem nenhum pudor, ela me disse uma frase inesquecível: "Sou facinha."

Aguardo agora as suas doutas teses nesse curso. Um abraço, Ricardo Lísias.

*

No dia seguinte, logo na abertura do expediente bancário, o dinheiro estava na conta. Meu alívio aumentou: o divórcio vai ser rápido. Eu continuava dormindo pouquíssimas horas por noite, mas a perspectiva de me divorciar logo me deixou mais leve. Ainda assim, o peso enorme na parte de trás da minha cabeça, que anos antes eu criara para uma das minhas personagens, continuava me agredindo.

Peguei a agenda e anotei o que havia de mais urgente para aquele dia. Tenho-a até hoje, seis meses depois. Preciso dar aula, confirmar a viagem ao Recife e, a todo custo (escrevi mesmo "a todo custo"), retomar *O céu dos suicidas*. No dia seguinte, mandaria finalmente meu conto para concorrer a um lugar na revista *Granta* que selecionaria os vinte melhores escritores brasileiros com menos de quarenta anos.

No final do espaço que a agenda separava para aquele dia, escrevi com letras maiúsculas: NÃO MANDAR MAIS E-MAILS, SMS OU TELEFONAR PARA ELA, NUNCA MAIS. Saí para andar um pouco e senti algum ânimo para apertar o passo. Se ficasse cansado, ao menos tinha alguma esperança de dormir.

Quando voltei, encontrei um e-mail da minha mãe avisando que ficaria mais quinze dias na Austrália. Visitei o inferno quando decidi ler o diário que a minha ex-mulher deixou no meu caminho. Finalmente agora chegavam várias notícias boas: eu ainda não estava preparado para contar tudo para minha mãe. Logo, recebi uma mensagem da minha ex-mulher dizendo que estava guardando minhas coisas, separando meus livros e embalando a máquina de café expresso que trocaríamos pela cadeira moderninha que minha irmã tinha comprado de presente. Ela queria que minhas coisas chegassem ao cafofo antes da assinatura do divórcio. Era um e-mail curto, mas calmo.

Respondi dizendo que talvez não nos tornássemos pessoas piores quando tudo acabasse.

*

Eu não tinha a menor ideia de como contar para minha mãe o que estava acontecendo. Logo depois da assinatura do divórcio, comecei a me preocupar com a reação dos meus convidados. Sentia vergonha. É isso mesmo, Mauro, o casamento durou quatro meses. Ou melhor, quarenta dias.

Tive muitos sentimentos desde que li o diário: dor, medo, raiva, sensação de ridículo e vergonha. Hoje, sobrou-me um enorme constrangimento. Meu primeiro casamento foi um vexame.

Entre as várias reações que tentei prever, parecia-me mais provável que minha mãe evocasse a origem da nossa família. Ela sempre faz isso quando tenta dar alguma força para os filhos. Pense no seu avô. Ele cruzou o mundo com um ano de idade. E o seu bisavô se reergueu depois de perder tudo em 1929. A gente não desanima. Está no sangue, meu filho.

Com dezoito anos, meu bisavô cuidava com dois irmãos de uma empresa de transporte internacional sediada no Líbano, onde tinham nascido. O pai morrera de alguma forma obscura. Da mãe, ninguém sabia. Prevendo os conflitos que começariam a recrudescer nas décadas seguintes, os três resolveram deixar o Oriente Médio. Com a ajuda de um grupo de cristãos protestantes, receberam um convite para transportar a empresa para os Estados Unidos e, como segunda opção, o Brasil.

Apesar do dinheiro da família (naquele momento a empresa tinha três transatlânticos, vários navios menores e diversos contratos importantes), os irmãos ficaram com receio do tratamento que poderiam receber em Ellis Island, a famosa ilha onde os americanos deixavam os candidatos à imigração de quarentena, e decidiram trazer os navios para o porto de Santos, no Brasil. A decisão final coube ao meu bisavô, que já tinha dois filhos pequenos. Um deles, o mais novo, é o meu avô.

A viagem ao Brasil, portanto, foi bem menos difícil do que minha família gosta de dizer nos momentos de crise. Seja forte e lembre que seu avô cruzou o mundo com um ano de idade. Temos o sangue dos guerreiros.

Não temos. A herança da minha família é a dos hábeis comerciantes árabes. E a minha particular é um interesse pela história dos Estados Unidos no século XX. Já assisti umas dez vezes ao maravilhoso *Era uma vez na América*. Durante a lua de mel em Nova York, fiz questão de visitar Ellis Island. Fiquei emocionado diante da fotografia de alguns imigrantes libaneses.

Minha ex-mulher percebeu minha emoção, embora não tenha perguntado os motivos. Ao contrário, disse uma de suas frases infalíveis, antes da típica gargalhada de que eu tanto gostava. Você é esquisito, Ricardo. Depois, começou a falar. Eu adorava a risada. A verborragia me deixava tenso. Quando li o diário, percebi que era outra coisa: falta de limites.

*

A empresa se deu muito bem em Santos. O comércio do café fez o patrimônio da minha família triplicar. Em 1929, porém, meu bisavô perdeu tudo.

Como o porto de Santos não oferecia nenhuma oportunidade, o velho pegou a esposa e os filhos, àquela altura cinco crianças com nomes árabes, e foi para o interior do Brasil viver como mascate. Em trinta anos, acumulou uma rede de lojas no Bom Retiro e alguns imóveis em diversas cidades da região de São Paulo. O impacto de ver os navios desaparecendo tão rápido deve tê-lo empurrado para o ramo imobiliário.

Quando morreu, em 1993, meu bisavô tinha nove filhos e uns duzentos imóveis. A herança foi toda dividida, com os conflitos familiares mais ou menos comuns, e meu avô achou melhor não guardar nada e passar para a frente a parte dele. Eu estava no primeiro ano da faculdade de letras quando o dinheiro chegou e resolvi gastá-lo em um intercâmbio de um mês em Londres.

Viajei no primeiro dia das férias de julho de 1995. Entreguei o papel com o endereço de onde ficaria para o taxista. Na mesma hora, ele elogiou o bairro: Hampstead. Como sempre gostei de silêncio, adorei as ruas tranquilas e quase desertas da minha vizinhança. A casa era grande, sem muros, e com um jardinzinho de cinema na frente. Meus hospedeiros eram um casal recém-aposentado.

A mulher, que estava na porta quando o táxi encostou, fora a vida inteira professora em uma escola secundária. O marido trabalhara desde sempre em uma empresa em que, vim a descobrir depois, chegou ao cargo de vice-presidente. A casa era resultado dos bônus que ele juntou por décadas. Sem filhos e muito interessados em história e geografia (disciplinas que ela lecionara), recebiam intercambistas com muito prazer, tendo até um quarto reservado para eles. Na parede, vi fotografias de todo tipo de gente. A minha deve estar lá até hoje. Nos dias seguintes ao divórcio, telefonei para eles. Ninguém atendeu. Talvez não se lembrassem de mim.

*

O casal me tratava muito bem. De manhã, quando acordava, os dois já estavam me esperando para o café. Ficávamos conversando, na maior parte das vezes sobre o Brasil, até a hora da aula de inglês. Nigel então me levava à escola. Do meio para o final da tarde, eu andava no centro de Londres, lia alguma coisa ou simplesmente olhava as pessoas, e depois voltava de ônibus.

Os dois dormiam cedo, mas ainda dava tempo de conversar um pouco. Lula não tinha sido eleito e o Brasil, portanto, era menos conhecido. Nigel e Lindsay não eram ignorantes a ponto de achar que falamos espanhol (como me aconteceu em um quiosque de livros no lado de fora de Auschwitz) ou que a nossa capital é Buenos Aires. Eles tinham uma razoável compreensão da geopolítica latino-americana, conheciam a história dos golpes militares e comentavam discretamente a política privatista de Fernando Henrique Cardoso. Thatcher não é um bom exemplo, repetiam.

Na sexta-feira, os dois me deixavam na porta da escola e iam, de carro mesmo, para o interior, passar o fim de semana com o irmão mais novo de Nigel, que estava com depressão. Fazendo o caminho contrário (os dois eram da mesma cidade), uma sobrinha de dezenove anos de Lindsay vinha para fazer um curso em uma galeria de arte. Era o que dizia à tia.

Joanne parecia ter uma careta permanente no rosto. Baixinha, pesando mais de cem quilos, é com certeza uma das mulheres mais feias com quem cruzei na vida.

Quando voltei da escola, na minha primeira sexta-feira em Londres, ela abriu a porta educada e com um sorriso cínico na cara feiosa. Você deve ser o brasileiro. Duas horas depois, uma outra garota, bem gorda também mas um pouco mais alta, bateu na porta. As duas foram logo para o quarto. Em dez minutos, ouvi a batida de música eletrônica que me incomodou durante toda a minha juventude e, indo ao banheiro, vi as duas pulando nuas no quarto ao lado do meu.

*

Com um gesto, Joanne me convidou para entrar. Estavam com o rosto completamente vermelho. Reparei ainda nos mamilos intumescidos. A vizinha ofegava um pouco. Não me lembro qual das duas tirou um comprimido cor-de-rosa de dentro de um saco de lixo repleto deles e me ofereceu com um copo de água. Detesto música eletrônica, tentei falar, mas ela praticamente me fez engolir minha primeira bala de ecstasy da vida.

No início, não senti nada. As duas trocaram um beijo longo e apertado. Quando se separaram, a tontura me fez deitar na cama. Tiraram meu sapato rindo. Senti um pouco de terror: meu pau jamais subiria com duas mulheres tão feias. Além disso, não tenho a menor ideia do que fazer com um casal de lésbicas.

De repente o som ficou mais alto e tive certeza de estar levitando. Lá em cima, fiquei olhando Joanne lamber todo o corpo da outra. Quando ela colocou a cabeça no meio das pernas da amiga, vi apenas o tufo de cabelos entre as ancas gordas e trêmulas de uma mulher que gemia quase desesperada. Senti medo de cair entre as duas.

Um pouco depois, comecei a achá-las muito simpáticas — bonitas, em momento algum. Estendi o braço para apalpar os seios enormes de Joanne, mas não alcancei. Lembro-me de que, a certa altura, nos abraçamos.

Depois, fui parar na minha cama. Tirei toda a roupa e senti o corpo formigar. Meu maxilar, que sempre foi um pouco pronunciado por causa de um traço genético, começou a tremer. Puxei a língua para a região da garganta, o que me deixou com falta de ar. Não lembro quanto tempo passou, mas adormeci.

Acordei na hora do almoço de sábado. As duas já tinham saído. Fiz alguns lanches e passei o resto do dia sentindo um enorme bem-estar em Londres. Visitei Picadilly Circus e, um pouco para o final do dia, resolvi rodar por várias estações de metrô. Adoro todo tipo de trem. Joanne não passou a noite de sábado para domingo na casa da tia. Obviamente, tinha ido a alguma festa vender o monte de ecstasy que trazia do interior da Inglaterra.

*

NY, 11 de julho de 2011

Hoje almoçamos em um restaurantezinho legal na sexta avenida com um amigo do Ricardo que dá aula em Princeton. Um casal simpático, o cara falou quase o tempo inteiro dos livros do Ricardo e das faculdades brasileiras e americanas. Quando chegou o prato, ele pegou o garfo erra-

do e o garçom teve que corrigir. A pessoa consegue ser professor de Princeton mas não sabe usar talher em um restaurante um pouco melhor.

Desde que eu comecei a conhecer essas pessoas que o Ricardo anda, vi como eles são travados. Esse aqui estava na cara que não sabia como se portar. São pessoas que leram muito, mas conhecem pouco da vida. Não viveram aventuras. Falam muito de livros e não conseguem escolher o garfo certo.

São pessoas rígidas e fechadas. Elas vivem em um mundo próprio. A verdade é que estou em lua de mel com um autista e hoje conheci o amigo do meu marido, outro autista, esse professor de Princeton. São muito fechados.

Eu não. Eu me abro para o mundo. Quero ter experiências, quero conhecer pessoas. Não quero ter que viver fechada no meio de livros e depois não saber pegar o garfo direito.

Grande merda, dar aula em Princeton e ser uma pessoa que não viveu, que não teve aventuras. O [X] foi para uma guerra para fazer um país novo.

Esses caras que leram demais são muito fechados. Meu marido é muito esquisito. O Ricardo reclamou da fila da Broadway. Ele vai ficar dez dias em NY e não vai ver um espetáculo da Broadway! Ele leu muito mas não sabe que pela Broadway passaram os grandes atores que começaram a vida lá. Ele quer andar na rua! O Ricardo leu muito mas não sabe nada. Meu marido e esses amigos idiotas que ele anda. Sou a maior jornalista de cultura do Brasil, a cultura para mim é vida, é como o jornalismo, é aventura.

*

Na sexta-feira seguinte, quando voltei de um passeio a algumas livrarias, as duas estavam sentadas, uma de frente para a outra com todo o mau jeito que essa posição exige das pessoas obesas. Não esperei qualquer convite: da porta, localizei o saco de lixo. Dessa vez, o comprimido era azul-claro.

Engoli um e Joanne, sem se afastar da parceira, me disse para tomar água. Quando comecei a levitar, as duas trocavam alguma confidência em voz muito baixa. Não sei quanto tempo fiquei lá em cima. Ao acordar, de novo na hora do almoço de sábado, minha roupa de cama estava ensopada. Coloquei o lençol de molho para Nigel e Lindsay não suspeitarem de nada.

Todos os meus fins de semana do curto intercâmbio em Londres foram iguais. Não sei onde as duas vendiam tantos comprimidos. Não consigo entrar nessas festas de música eletrônica. Talvez elas apenas distribuíssem para revendedores.

Nunca mais tomei ecstasy. Um ano depois, mais ou menos, tive uma overdose de cocaína nos gramados da Unicamp e um monte de anõezinhos subiu no meu corpo. Não consegui levitar. Quando fui assinar o divórcio, em uma terça-feira, exatamente quatro meses e doze dias depois do meu primeiro casamento, senti tontura e minha mão não conseguiu segurar a caneta. A funcionária do cartório ficou com dó.

Pedi licença e tentei me reequilibrar em frente à pia do banheiro. Por dois minutos, fiquei olhando meu rosto no espelho. Estou branco demais. Eu não devia ter olheiras?

*

Quando saí do cartório, divorciado do meu primeiro casamento, a manhã ainda não tinha passado. Eu não dormira mais do que as duas horas habituais e comecei a enxergar o mundo em câmera lenta. Já aconteceu com algumas das minhas personagens.

Fazia frio. No dia anterior, senti uma coceira na nuca e, quando fui passar os dedos, o couro cabeludo inteiro começou a latejar. Em carne viva os cabelos parecem grampeados à cabeça.

Minhas pernas estavam muito pesadas, outra consequência da insônia. Restava apenas a falta de ar, que apareceu quando parei em um sinal. O verde e o amarelo se misturaram e espocaram na minha cabeça como se fossem fogos de artifício distantes. Resolvi ficar parado por algum tempo, e um peso enorme sobre o peito devolveu-me o equilíbrio. Senti as pálpebras inchadas e, cheio de sono, percebi algo simples: eu estava muito triste. Comecei a chorar.

Fiquei assim por mais ou menos uma hora. Estava atrás da Catedral da Sé, perto do Fórum João Mendes. O vulto de muita gente cruzou comigo: advogados, mendigos, um monte de taxistas, entregadores e desempregados. De novo, chorei de uma maneira praticamente incontrolável por quase uma hora em um lugar muito movimentado de uma das maiores cidades do mundo e ninguém ofereceu ajuda. Ninguém perguntou nada. *Ninguém* poderia ser o nome desse romance.

Quando me acalmei, entrei em uma loja de livros usados. Minhas aulas na faculdade já tinham começado, mas eu precisava organizar a bibliografia de um curso livre sobre contos do século XX que começaria em poucas semanas. Consegui, então, distrair-me um pouco.

Quilômetro cinco
não tenho dificuldades para achar amantes

Não me lembro dos dias seguintes. Assinei o divórcio na terça-feira e, segundo o registro da faculdade, dei uma aula sobre acentuação na sexta. Procurei os manuscritos do conto "Divórcio", que eu publicaria três meses depois, e percebi que os primeiros esboços datam do sábado. Os outros dias são um enigma: não os vivi.

Lembro-me de no sábado sair para andar assim que escureceu. Dessa vez, estou com uma mochila nas costas, o que significa que pretendia fazer uma caminhada mais longa. Cruzei a avenida dos travestis, provavelmente praguejando contra o trânsito. Sempre faço isso. Em uma rua mais escura, parei para respirar fundo. A falta de ar é a minha lembrança mais viva. Às vezes, sentia tontura.

Certamente, carregava uma garrafa de água. Sinto muita sede, sempre. Alguns anos antes me emocionei quando a van entrou finalmente no deserto da Austrália. A gente olha para todos os lados e não enxerga nada. O horizonte é azul. Dizem que o caminho até Alice Springs é coalhado de cobras e psicopatas. Não cheguei lá.

Com certeza (também por causa das anotações) assisti no domingo a um vídeo da impressionante entrevista coletiva de Lars von Trier no Festival de Cannes de 2011. De tanto ver, decorei as imagens. Sei até a expressão dele em cada um dos instantes do desastre.

Depois de uma hora andando, entrei em uma padaria. Pedi suco de limão e escrevi o esboço do início do conto. Fiz um plano. De novo, a raiva tomou conta de mim. Devo ter ficado trêmulo. Senti vontade de ofender o advogado. Almofadinha, não me venha falar em tese. Mandei um SMS para minha ex-mulher, chamando-a de vagabunda. Não lembro a resposta.

*

A semana seguinte à assinatura do divórcio foi a que mais sofri. Chorei quase o tempo inteiro. O corpo sem pele está mais exposto na rua. Tentei ficar quieto no cafofo, mas o medo de morrer de novo me deixava trêmulo e o suor, toda vez que eu deitava, incomodava a carne viva. O jeito é andar.

Uma caminhada longa causa dor nas pernas, um peso nas coxas e o coração acelera. Estou vivo, portanto. Como meu corpo não tinha pele, eu passava o tempo inteiro conferindo meus ossos e os órgãos mais importantes. Respirar fundo não traz apenas fôlego: meu pulmão está aqui.

Quando o medo de ter enlouquecido ficou muito forte, parei em um sinal vermelho e repeti o meu nome. Ricardo Lísias. O meu nome é Ricardo Lísias. Hoje não, mas depois de amanhã vou dar aula. Agora moro no cafofo. Estou andando há cinquenta minutos. Ou melhor, já passei de uma hora. Gastei todo o meu dinheiro para casar. Não tenho mais onde assistir meus DVDs. Dei todos os móveis antes de ir morar com ela. Agora sobraram os livros.

Então, sem controle de novo, desesperado e inconformado, mais uma vez telefonei para minha ex-mulher. Quando essas crises começaram, ela atendia e colocava a culpa em mim. Você é louco, Ricardo, todo mundo sabe. Isso só está acontecendo porque você é louco. Mas, depois de alguns dias, ela parou de atender meus telefonemas. Em carne viva, eu enviava um SMS com agressões e outro em seguida pedindo desculpas. No cafofo, mandava um e-mail falando a verdade: estou no chão.

*

Lembro-me de ter tido um calafrio quando percebi que estava contando a quantidade de pessoas em um cartaz afixado no ponto de ônibus. Depois, separei o número de mulheres e de homens e vi que só havia duas crianças. Contei os idosos, fiz três grupos segundo a cor de cada pessoa e, por fim, notei que estava fazendo besteira ao tentar dividi-los também pela altura. A foto pode enganar. Até hoje não sei do que o anúncio falava. Voltei lá para escrever esse fragmento, mas só encontrei um aviso de mudança de itinerário de dois ônibus.

Alguém com receio de ter enlouquecido começa a ordenar as coisas. Qualquer explicação mais ou menos satisfatória ajuda. Claro que eu repetia as mesmas perguntas: por que minha ex-mulher fez tudo isso?

Mas não conseguia nenhuma explicação. A carne viva que tomava conta do meu corpo latejava e, muitas vezes, minha vista escurecia. Na rua, acaba sendo até perigoso. Então, comecei a contar o número de pessoas em um cartaz, quantos carros paravam para admirar um determinado travesti a cada dez minutos, os carros da polícia que passavam diante de mim fazendo barulho e tudo o que pudesse ser quantificado.

Enquanto contava o número de taxistas carecas em uma esquina, lembrei que no primeiro conto que escrevi na vida, há mais de dez anos, a personagem também repassava na cabeça uma série de coisas para tentar manter a lucidez. Estou de fato dentro de um texto que escrevi. O ar desapareceu. Encostei-me em um muro. O reboque arranhou meu corpo sem pele. Uma folha de papel não é tão áspera.

Quando o ar voltou, continuei caminhando. O hábito de fazer listas para ordenar minha cabeça tomaria conta das semanas seguintes. Hoje, preencho planilhas de treinamento.

*

23 de julho.
Se eu soubesse que o [X] iria me convidar para jantar no hotel fechado de Cannes para todo mundo, tinha levado outras roupas. Acho que foi uma falha minha como jornalista e como mulher. Mas eu me senti bem. Eu tenho estrutura. É um lugar diferente desses festivaizinhos brasileiros patéticos: elegante, sofisticado e inteligente. O ano que vem eu não cometo esse erro, eu vou preparada.
Não é qualquer jornalista que entra naquele hotel. Eu senti o clima já na porta. Todo mundo ali é especial. O [X] foi para a guerra na África. Ele me contou histórias incríveis que dariam matérias que no Brasil ninguém sonhou. Ele viveu aventuras e sabe que o cinema é igual jornalismo: é vida. E o Ricardo? Por acaso o Ricardo foi para alguma guerra na África? O que ele sabe da vida? Ele não me dá nenhuma das

aventuras que eu preciso. Eu não tenho nada para sonhar com ele. Nunca o Ricardo me convidou para ir a um lugar com meus vestidos. Em Cannes, na entrevista com o Brad Pitt, eu estava deslumbrante. Se não fosse o dia do casamento, com ele eu só ia usar roupa normal. Ele acabou de virar para o lado, deve estar com frio, coitado.

*

Não vivi o domingo. Na segunda-feira pela manhã, minha mãe voltou da Austrália. Resolvi buscá-la no aeroporto para que, de uma vez só, ela visse o rosto sem pele do filho. Sou eu mesmo, mãe: aquele metido que a senhora dizia para tomar cuidado. O mesmo que se achava imune a qualquer coisa. Eu que nunca escondi a soberba e o orgulho. O seu filho que mais deu trabalho porque nunca se enxergou.

Ela, porém, não percebeu nada. Cansada, perguntou como estava minha ex-mulher e não deu atenção ao meu grunhido. Respondeu que meu irmão estava bem e meus sobrinhos, uma graça. Depois, cochilou no táxi. Quando me despedi, com a desculpa de que ela precisava dormir, peguei o bilhete que meu irmão tinha mandado: "Vem visitar a gente em Sydney e traz sua mulher."

Fazia dez anos que não nos víamos. Meu irmão se casou com uma garota australiana depois de seis meses de namoro e agora, doze anos depois, eles têm dois filhos. O bilhete me deu vontade de chorar: no dia em que ele foi embora, lembro-me de ter levantado a caixa de partituras no check-in. Era a última vez que o irmão mais velho dele exibiria força. Pianista, estava levando embora o material de dez anos de estudos.

Mas a bagagem ultrapassou o peso. Fiquei irritado com a indiferença da moça do balcão e vi a tristeza no rosto dele. Presunçoso como sempre, resolvi passar o meu cartão de crédito. Nunca tive dinheiro, mas na frente do meu irmãozinho eu não podia fraquejar.

Deixei minha mãe em casa e, em um acesso de afobação que ainda me tomaria outras vezes nas semanas seguintes ao divórcio, comprei uma passagem para a Austrália.

*

Por mais ou menos dois anos, eu e meu irmão tivemos uma rádio, a Rilê. Como ele estudava pela manhã e eu, à tarde, só podíamos montar o estúdio nos fins de semana. Primeiro, fazíamos um planejamento das músicas que iríamos tocar. Selecionávamos os discos e deixávamos as notícias preparadas. O quarto dele tinha melhor isolamento que o meu, mas a tomada não estava legal e, na primeira gravação, sobrecarregou e causou um pequenino incêndio.

Ele tinha nove anos e eu, dois a mais. A estreia da Rilê se deu com essa notícia: "Semana passada não inauguramos porque um incêndio de altura desproporcional consumiu nosso estúdio e parte grande do nosso acervo. Se estamos aqui hoje, ouvintes, é por respeito a você, ouvinte. Agora, fiquem com a rádio Rilê."

Acho que gravamos dez fitas cassete em programas de uma hora cada. Íamos devagar, do jeito que eu gosto. Eu inventava os anunciantes procurando produtos na cozinha, enquanto o Alexandre fazia o papel de diretor musical. Criei uma espécie de boletim de notícias, o que deve ter iniciado meu gosto por geopolítica.

Não lembro como a rádio acabou nem o destino das fitas cassete. Aos treze anos, eu e um amigo criamos um jornalzinho na escola. Deve ter durado três números. Tivemos que fechá-lo depois de dar a notícia de que havia muitos pombos no pátio, o que denunciava desleixo na limpeza e perigo de contrairmos os piolhos que, tínhamos certeza, eles transmitiam. A direção não deu a menor bola e muito menos aceitou o direito de resposta que oferecemos. As faxineiras, porém, ficaram furiosas e começaram a nos aborrecer.

Lembro-me perfeitamente de sentir um calafrio, não tão forte como esses que tiram o fôlego do corpo sem pele, mas ainda assim marcante para o garoto de dezesseis anos, quando vi estampada na banca de jornal a manchete anunciando o sequestro de Mikhail Gorbatchev.

O gosto por geopolítica me fez acompanhar diariamente os jornais por quase duas décadas de vida. Quando algo muito especial acontecia, por exemplo os atentados às torres gêmeas, eu comprava todas as revistas nacionais e inclusive algumas edições estrangeiras. Também recortei muita fotografia.

Por fim, como se fosse natural, aos trinta e cinco anos acabei em uma festa fechada, com mais ou menos doze pessoas, entre elas o dono de um grande jornal e um colunista reacionário.

*

Em um dos manuscritos, encontrei uma lista de "tudo o que me dá nojo". Pela ordem das folhas, devo tê-la criado mais ou menos três meses depois de sair de casa. No começo de novembro, portanto. Logo no início, em primeiro lugar, escrevi a palavra "jornal". Um pouco abaixo, o quinto item é "glamour". Estão na lista o "Festival de Cannes", a "classe alta africana" e os "bairros nobres de São Paulo". "Gente que tenta comprar os outros" é o segundo maior alvo do meu nojo.

Não escrevi a palavra "mulher". Àquela altura, depois de ter sido ameaçado por uma repórter de TV, eu já não fazia mais nenhum contato com a minha ex-esposa. Antes de trocar o telefone e o e-mail, ela tentou me convencer de que as mulheres são todas iguais: as minhas amigas fizeram isso, Ricardo. A diferença é que o marido não lê o diário delas.

Fiz outras listas, abaixo dessa do nojo. Tudo o que havia no meu apartamento antes de me mudar para casar. A minha coleção de DVDs e o aparelho de reprodução. Eu via ao menos um filme bom por semana. *Era uma vez na América*, a cada semestre. Agora, no galpão onde estou escrevendo, não cabe uma TV. Você é o culpado, Ricardo: você é louco e nunca me deu as aventuras que eu preciso.

Também fiz uma lista dos dias em que mais sofri: o movimento patético no torneio de xadrez no Chile, a maldita overdose, o meu irmão indo embora para a Austrália. O André me pedindo ajuda e eu não entendendo nada. Eu que jamais admiti não achar uma solução para qualquer coisa, deixei-o no pior momento da vida dele. E quando li o diário. Ninguém me ofereceu ajuda. Ninguém me perguntou absolutamente nada.

*

A terceira lista é a dos lugares onde estive. Minha primeira viagem internacional foi catastrófica. Nunca mais voltei ao Chile. Conheço Buenos Aires muito bem.

Não lembro os motivos, mas já fui à Bolívia. Em Sydney, estive duas vezes — a segunda, depois de ler o diário da minha ex-mulher.

Berlim me deixou um pouco tenso. Fiquei fascinado com a arquitetura confusa da região próxima ao muro, mas a tensão latente, que sentia na rua e nos meios de transporte, incomodou-me. No Rio de Janeiro é a mesma coisa: detesto quando preciso canalizar a minha atenção para o mundo exterior. Acho que o diário e o que minha ex-mulher fez no Festival de Cannes me feriram tanto porque, ao me descarnar, minha interioridade ficou completamente exposta. Quando ela disse ao telefone que tinha conversado sobre mim com esse [X], fiquei sem fôlego por uma semana: ele me disse que pessoas como você nunca mudam. Você é louco e vai passar a vida trancado em casa lendo. Sem dizer que é imaturo. Um cineasta inteligente como ele garantiu que você nunca vai crescer.

É como se todo o barulho de uma cidade como Berlim, onde dormi mal, entrasse ao mesmo tempo no meu corpo.

Por outro lado, adorei a Cracóvia. Senti algo muito reconfortante quando visitei os lugares onde viveu o jovem Karol Wojtyła. A praça principal, com o antiquíssimo mercado no centro, deixou-me leve. Também me impressionei muito com os santuários cristãos que visitei em Budapeste. Tudo preservado por séculos. Só gente vulgar não gosta de silêncio.

Fiquei confuso em Lisboa e achei Barcelona um pouco demais. Paris me parece quase ideal. Quanto a Nova York, vou fazer uma profissão de fé: jamais entro no Metropolitan. Que tipo de gente toma chá na Neue Gallery? Ladrões de pele. Não há nada de esplendoroso na fila da Notre Dame. A transcendência quase sempre está na palavra *não*. O silêncio é uma obra de arte tão eloquente quanto os objetos sagrados que vi nas catacumbas de Budapeste. O rio Danúbio é um clichê.

*

No final da segunda semana após o divórcio, resolvi ir ao lançamento de um livro. Por causa do meu rosto sem pele, estava com receio de encontrar pessoas conhecidas, mas achei que uma livraria talvez me distraísse um pouco. Em Budapeste, ouvi um burburinho nos fundos do corredor de literatura e, curioso, descobri um grupo de pessoas ouvindo uma aula sobre *O homem sem qualidades* de Robert Musil. O professor, no inglês impecável dos não falantes muito cultos, convidou-me para sentar, mas, com a desculpa de que não entendo húngaro, recusei. Achei aquela reunião tão charmosa quanto a barraquinha de livros na feirinha de antiguidades de Amsterdam. Preciso voltar à Holanda. Acho que não entendi direito o país de Van Gogh.

Cheguei cedo ao lançamento, comprei o livro e, quando estava me distanciando para olhar as prateleiras, um conhecido me chamou. Ele estava com um jornalista que nunca gostou da minha ex-mulher. Não tive como fugir.

Primeiro, lamentaram o fim do meu casamento. Então, disseram que as pessoas estavam comentando o meu "colapso emocional" (a expressão foi essa) e que eu podia contar com eles para qualquer coisa. Perdi o fôlego e, para disfarçar a tontura, encostei-me no balcão. A fila do lançamento estava aumentando. Não se preocupe com o que estão falando. Pensei em sair, mas uma terceira pessoa, cujo rosto não me era estranho, aproximou-se me olhando de um jeito indefinido. A gente perde o controle mesmo e às vezes faz besteira, mas eu tentaria me segurar e talvez mais para a frente devolvesse o dinheiro que estão falando que você chantageou. Não é digno de escritores. Mas dá para entender o seu momento difícil. Os jornalistas estão todos comentando o caso, o recém-chegado acrescentou. As pessoas não aceitam um homem pressionando uma mulher. Mas às vezes a gente perde a cabeça. Ela falou que, além da chantagem, você roubou uma máquina de café expresso.

Consegui por fim sair do formigueiro que virou o lançamento e voltei para o cafofo a pé. Duas horas e meia andando por causa da raiva.

*

Cheguei esgotado. Ofegante depois da caminhada, deitei um pouco para descansar e, pela primeira vez desde que tinha lido o diário, acordei apenas na manhã seguinte. Pelas minhas contas, devo ter conseguido dormir quase cinco horas. Antes de me lembrar do que tinha ouvido, tive um instante de alegria: preciso cansar o meu corpo.

Depois, liguei o computador indignado: desgraçada, você está fazendo fofoca por aí? Desde quando eu te chantageei? Por acaso existe chantagem intermediada por advogado? Também soube que você está espalhando entre os jornalistas que, além de chantagista, sou ladrão. Você esqueceu que troquei a máquina de café pela cadeira italiana que minha irmã comprou? Aquela que você fez questão de que fosse do designer sei lá de qual nome, já que sua bunda especial não pode ficar em qualquer lugar. Você tirou tudo o que eu tinha, fez o que fez com a minha vida e agora sai por aí espalhando mentiras! Tenha vergonha ao menos uma vez.

O e-mail voltou. Esqueci que ela tinha bloqueado meu endereço (ou cancelado a própria conta). Liguei para o celular dela e a operadora avisou que o número não existia. Estou tão nervoso que nem digitar um telefone eu consigo. Na segunda ou terceira tentativa, a mesma mensagem: esse número não existe. Peguei o telefone fixo, mas ele também tinha sido cancelado.

Pensei em destruir o cafofo. Mas não tenho mais nada. As cidades me acalmam: saí para andar. Quando vi, estava correndo. Não sei quanto tempo aguentei, mas foi assim que comecei meu treinamento para a Corrida de São Silvestre e, com um pouco de generosidade, virei um atleta.

*

Minha ex-mulher sempre foi ruidosa. Ela chega em um ambiente e em três minutos todo mundo nota. Não gosto de barulho, mas no caso dela eu confundia essa agitação com alegria.

A risada da minha ex-mulher me conquistou. Eu adorava vê-la rindo. A gente combinou que ia ser para sempre. Quando eu fosse velho, continuaria ouvindo aquela gargalhada.

Mas havia um receio. Foi justamente o que ela me disse quando revelei que tinha lido e xerocado o diário. Mandei uma mensagem pelo celular quando ela estava saindo para o almoço de despedida com os colegas do jornal. Fiz uma cópia do seu diário e não quero mais te ver. Aceito um divórcio amigável, mas exijo que você devolva o dinheiro que gastei no casamento. Ela respondeu na hora: Ricardo, você descobriu a minha sombra.

Na terceira ou quarta trepada, ela sentou no espaldar do sofá e abriu bem as pernas. Passei rapidamente a língua pelo cu. Ela gemeu um pouco mais alto do que as outras vezes. Comecei a lamber o interior da buceta. Vi que estava muito lubrificada. Um pouco depois, subi alguns centímetros e continuei bem lentamente. Não demorou muito e ela me deu o primeiro tapa no rosto, indicando que logo iria gozar. No segundo, gemeu bem alto e me bateu no mesmo lugar, um pouco mais forte. Só entendi porque ela tinha gozado tão rápido quando abri os olhos e me sentei no sofá: a janela tinha ficado aberta.

Será que minha nova namorada tem alguma fantasia com espaços públicos? Talvez eu achasse interessante. Mas não era sexo. A sombra era outra. Minha ex-mulher adora mostrar-se.

Eu estava lá para ser visto e os tapas no rosto, quando ela gozava, preparavam meu pau para a penetração seguinte. Os tapas da minha ex-mulher.

*

No sábado, chamei minha mãe para um café. Ela ainda não tinha se recuperado inteiramente da variação brusca de horário (da Austrália para o Brasil a diferença é na maior parte do ano de doze horas) e achei que o torpor faria com que ela recebesse a notícia um pouco melhor. Comecei dizendo que estava muito bem. Estou muito bem. Ela olhou curiosa e me interrompeu um pouco depois: e quando você não está?

Aproveitei o ânimo para ir de uma vez só: eu e a transtornada (não usei obviamente essa palavra) nos divorciamos. Minha mãe, imediatamente e contra o costume dela, deu uma gargalhada. Fiquei espantado. Depois olhou para mim, como se quisesse checar alguma coisa, e tentou se conter. Foi mais forte: minha mãe riu tanto que até a moça que veio enxugar a água a acompanhou.

Tentei rir também. Não consegui.

Lentamente, enquanto ela se acalmava, descrevi o diário e o que minha ex-mulher tinha feito quando foi cobrir o Festival de Cannes. Em momento algum minha mãe pareceu aborrecida ou sequer espantada. Reparei que as três atendentes do café olhavam a cena interessadas e talvez meio divertidas. Será que as pessoas sabem?

*

10 de julho: Nova York. Eu estou viajando em lua de mel, mas não estou apaixonada. O Ricardo é legal, inteligente e às vezes me diverte, apesar de andar muito. Mas apaixonada eu não estou. Eu não sei o que vai ser quando voltarmos ao Brasil. Eu gosto de ser casada com um escritor. É só esconder certas coisas e pronto. Eu sou uma mulher atraente, não tenho dificuldades para achar amantes, nunca tive. Quanto ao jornal, eu acho que vou sair mesmo. Sou a maior jornalista de cultura do Brasil.
O Ricardo é um retardado, não tenho dúvidas, mas mesmo assim é um escritor, o que me preserva de certas coisas.

*

Senti um pequeno incômodo no joelho no início do quinto quilômetro da São Silvestre. Eu vinha em um ritmo estável e, de repente, uma fisgada me fez diminuir a velocidade. Evitei mancar. Não se deve correr com a postura errada. Percebi então que tinha me colocado muito à esquerda, quase na calçada, para não tropeçar nos outros corredores e conseguir algum progresso. Como ali o declive é mais acentuado, meu joelho reclamou.

Voltei para o meio da rua com um ritmo menor. Aos poucos, senti o joelho leve de novo. Chequei o resto do corpo. Tudo bem. Notei o enorme silêncio entre os corredores. Tínhamos acabado de passar por um posto de hidratação. Tudo o que ouvia eram as passadas de encontro ao chão. Acertei o passo para que as minhas também entrassem na batida.

De repente, emocionei-me. Fechei os olhos e o barulho praticamente tomou meu corpo. Fiquei assim quando ingeri ecstasy em Londres. Garoava e a chuva tinha pregado a camiseta à pele das costas. Estava me sentindo bem e, sem nenhuma explicação, achei que as pessoas correndo ao meu lado tinham percebido. Os meus novos amigos.

Depois que a gente se recuperar da São Silvestre, podemos correr juntos no parque. No ano que vem, quero tirar dez minutos do meu tempo. Mas resolvi ficar em silêncio. Com o corpo de novo protegido, o coração em ordem e uma confiança agora mais madura, consegui voltar a ser eu mesmo: no meio da rua, correndo no meu ritmo, sem sentir nenhum tipo de pressão e sobretudo orgulhoso por não ter mancado. Pretensioso. Nada vai me impedir de terminar essa corrida.

Morro só mais uma vez.

Quilômetro seis
um resquício de pele

De novo, há um hiato entre a terceira e a quarta semana fora de casa. Não lembro o que aconteceu. Dei aula normalmente. Devo ter começado a preparar o curso de contos (não tenho anotações) e provavelmente voltei a fazer contato com algumas pessoas. Sei disso porque trinta dias depois de ter lido o diário e quinze após o divórcio, fui convidado para uma festa.

A balada seria promovida por um dos tantos grupos que formam a fauna artística de São Paulo: no caso, misturaria alguns movimentos teatrais que ainda escoam a transgressão light da década de 1980 com os poetas saudosos do movimento beat. Três moças ficariam peladas para serem reproduzidas em uma tela e a vodka estaria a bom preço. No cantinho, um vendedor de ecstasy que também arrisca uns versos. Esse tipo de gente.

Resolvi ir. Logo que entrei, identifiquei três amigos. Quando me aproximei, as pessoas foram acolhedoras. Bebe, vai te fazer bem. Elas sabiam. Aos poucos, e dessa vez com mais tato que no lançamento, o assunto apareceu. A história era a mesma: eu tinha ficado louco e chantageado minha ex-mulher. Dois minutos depois, falaram da bendita máquina de café que roubei.

Aqui, porém, havia um complicador: alguém conhecia alguém que conhecia minha ex-mulher. Ela não é exatamente de confiança. Por causa da meia-luz, não identifiquei direito quem falava. Parei de beber para ouvir melhor. Não lembro a cara das pessoas na rodinha. A doida namorou um cineasta por cinco anos e o traiu com várias *fonte*s. A palavra *fonte*, comum no jornalismo e estranha para o meu cotidiano até então, entraria na minha vida. Toda vez que ele descobria, para em seguida perdoar, ela dava um chilique na redação da revista onde trabalhava. Você não sabia disso? Não sei distinguir na memória os autores de cada uma dessas frases. Devolvi a vodka ao balcão e resolvi voltar para casa.

Mas, na porta, acabei com vontade de ouvir outras fofocas sobre o comportamento indiscriminado da minha ex-mulher. Uma vez, durante o Festival de Cinema de Paulínia, ela qualificou o próprio passado como "livre". Pedi uma explicação, mas, hábil como sempre, logo começou a falar de outra coisa. Mesmo com as pernas fracas, um pouco de tontura e vontade de chorar, voltei à rodinha. O assunto continuava.

*

Um pouco mais animada por causa do álcool, a menina que conhecia alguém que conhecia minha ex-mulher resolveu contar algo que me deixou, no início, bastante irritado: olha, vou falar porque acho que você tem que saber.

O que eu tinha que saber é que, poucos dias antes, minha ex-mulher havia ido à entrevista coletiva de abertura da Mostra Internacional de Cinema de São Paulo e, no saguão, contou para o editor de um dos cadernos de cultura mais importantes do Brasil que o casamento acabara porque eu tinha invadido a privacidade dela. E como ele fez isso, o cara quis saber. Xerocou meu diário. E, olha, vou te dizer com toda sinceridade: não tem nada de mais no que escrevi. Eu só comentava algumas coisas de trabalho e falava que o casamento não estava sendo o que eu esperava.

A conversa dos dois foi ouvida por umas dez pessoas, inclusive eu, concluiu a moça. Na mesma hora, um poeta beat, muito ruim por sinal, complementou: garanto que nesse diário não tem só isso. Ninguém termina um casamento de quatro meses por tão pouco. E como você está?

Não consigo dormir, respondi. Também sinto falta de ar e, muitas vezes, taquicardia. Depois que li o diário, há um mês, devo ter dormido no máximo umas vinte e quatro horas. Resolvi não falar que às vezes tinha alucinações e achava que estava dentro de um texto meu.

Um cara que eu nunca tinha visto me interrompeu: escuta, o que tem nesse diário? Balbuciei alguma coisa e no caminho até a porta comecei a chorar. Dentro do táxi, porém, já perto do cafofo, tive uma sensação estranha, um misto de ódio com deboche: a própria autora do diário espalhou a existência dele!

E então comecei a rir.

*

Talvez eu possa marcar o início da minha recuperação emocional para a quinta semana após ler o diário. Meu corpo continuava sem pele e, apesar do frio, queimava. Eu ainda não conseguia respirar direito e o sono era o pior momento do dia. Eu fechava os olhos e começava a tremer. Duas noites antes dessa festa, tive uma alucinação e outra vez achei que na verdade era o Damião, personagem de um conto que publiquei na revista *Granta*.

No dia seguinte à gargalhada no táxi, senti algum alívio. Nada de mais, mas aparentemente consegui um pouco de fôlego extra. A fofoca que minha ex-mulher estava fazendo entre os colegas jornalistas, apesar da minha irritação inicial, deu-me um pouco de ar. Comecei a me recuperar quando tomei consciência da dimensão da boataria sobre o divórcio.

Eu ainda não tinha nenhuma possibilidade de pensar em sexo, mas senti muito prazer quando na manhã seguinte fui convidado para uma reunião de aniversário onde haveria jornalistas.

Não gosto de dormir muito tarde porque invariavelmente acordo cedo para escrever. Por isso não costumo ir a festas, ou vou embora logo. Mas fiquei quase quatro horas nesse aniversário e pude confirmar que uma boa parte da imprensa paulistana estava se divertindo comigo, com o meu colapso emocional e com o tal diário da minha ex-mulher. Olha, ninguém acredita que só tem no diário o que ela está dizendo. Por que ela está fazendo tanta fofoca e falando tanto que não tem nada de mais?

*

27 de julho: Em Cannes eu pude confirmar a mulher que eu sou. As carícias do [X] me desabrocharam. O Brasil e esse ambiente cultural mesquinho reduzem muito as pessoas como eu. Não sou a típica mulher gostosa do Brasil. Fora do Brasil, na rua muitas vezes nem percebem que eu sou do Brasil. Eu preciso de um ambiente sofisticado para desabrochar, de gente igual o [X], um cineasta que foi brilhar na

*terra de Malle, Renoir e Truffaut. E a besta do meu marido
acha Godard o maior cineasta francês. Eu tenho necessidade
de falar francês, mostrar os vestidos que eu comprei, fazer
grandes perfis, perfis de cineastas de verdade. Quantas jornalistas são convidadas para entrar no hotel dos jurados de
Cannes? O [X] me mostrou a verdadeira mulher que eu sou,
o que só homens muito maduros sabem fazer. O que eu vivi
em Cannes moveu o mundo e me fez nascer de verdade e não
ficar aqui no Brasil, um país que eu sou o tipo de mulher
desvalorizada e não posso mostrar meu potencial.*

*

Como sempre adorei andar, começar a correr foi
fácil. Depois daquele tiro inicial, em que disparei por
causa da raiva, resolvi organizar meus treinos. Eu estava
indo para a quadragésima noite sem dormir direito. Às
vinte e três horas, tranquei o cafofo, fui até a avenida que
cruza minha nova esquina e comecei a correr em um ritmo médio. Devo ter aguentado uns cinco minutos.

A falta de ar incomodou um pouco e logo precisei
respirar com bastante força. No entanto descobri que o
principal empecilho seriam as plantas dos pés: elas estavam em carne viva.

Procurei controlar a dor caminhando. Logo, tinha
retomado o fôlego e fiz outra tentativa de cinco minutos.
O ar dessa vez não desapareceu, mas meus pés começaram a latejar. Uma das unhas se enterrou no dedo ao lado,
o que produziu, além de um tremor na perna inteira, uma
quantidade de sangue suficiente para que eu sentisse o
líquido na meia. Mesmo assim, continuei andando em
um ritmo forte. Não vou tomar remédio, repeti enquanto
esperava o farol abrir.

Não consegui correr de novo. Tentei outro tiro de cinco minutos. Aguentei dois. Mas andei em ritmo acelerado por mais ou menos duas horas. No final, corri uns trezentos metros para entrar na padaria dos travestis. À uma e meia da manhã, eles estão tomando alguma coisa para suportar o segundo programa. Pedi água e a Ramona se afastou um pouco para me dar um canto no balcão. Ela é medonha, mas é linda.

A moça seca a umidade e me traz um copo sorrindo. Na saída, é muito educada e diz que a corrida está me fazendo bem. Mas hoje foi o primeiro dia, pensei em responder. Voltei para o cafofo lembrando aquele sorriso e comecei a achar as pessoas na rua, à uma e meia da manhã, lindas e educadas. Dormi das duas às sete: cinco horas seguidas!

Nunca mais paro de correr.

*

Cheio de esperança, na noite seguinte saí do cafofo no mesmo horário. Dessa vez, procurei uma rua mais iluminada. Comecei a correr. Quando percebi que tinha alcançado os cinco minutos do dia anterior, estava perdido. Nunca vi esse muro. Dois homens saem de uma empresa de segurança. Vou correr até aquele sinal e peço informações.

Mas está verde, então posso tentar até a outra esquina. Paro em frente a um ponto de ônibus e as pessoas me olham. Um corredor noturno. Meu filho podia fazer isso também. Se meu marido se animasse, capaz que eu fosse com ele. Aqui na rua é perigoso. Na calçada é melhor. Mas fica difícil para correr.

Fingi que estava fazendo um alongamento e me senti importante. Todo mundo olhando. Então, corri mais um pouco, quase sem forças, até sair da vista das pessoas. Quando virei o quarteirão, não consegui mais. Ofegante, identifiquei a avenida dos travestis.

Perto da padaria meu corpo sem pele começa a arder. Sobretudo a planta dos pés. Entrei e não vi a Ramona nem a moça que tinha me atendido no dia anterior. Mas estou quase no mesmo horário, murmurei. Olhei todo o contorno do balcão e não reconheci as duas. Tive outro calafrio.

Ninguém me olhou. Fiquei com medo dos anõezinhos da minha overdose e procurei um espaço. Vou ficar sozinho para sempre. Até meus amigos vão embora. Senti um início de tontura, mas, como estava sentado, me tranquilizei. Em Berlim, ganhei a aposta que tinha feito comigo mesmo: sete dias sem abrir a boca, comunicando-me apenas por gestos. A solidão absoluta me trouxe, quando eu tinha vinte e sete anos, um grande prazer. Na estação Lichtenberg acabei iludido. Ali parado, anotando tudo o que via (a roupa das pessoas, por exemplo) e depois recortando imagens de um número qualquer da revista *Der Spiegel*, achei que o mundo todo estava em silêncio. Quando o trem chegou, não ouvi nada. Fiquei sentado na plataforma até a sexta composição partir. Adoro trens. Então voltei para o hotel, na antiga parte socialista, a pé. Berlim tem uma arquitetura incrível.

Mas agora o meu maior medo é a solidão. Sou um covarde, pensei no caminho de volta ao cafofo. Corri mais um pouco e de novo dormi cinco horas. Não tenho nenhum sonho registrado, mas, quando acordei e olhei no relógio, comecei a chorar de emoção: uma mínima rotina se ensaiava na minha vida de novo.

*

Dormir deve fazer bem para a pele. Não tenho certeza, mas acho que, depois de mais ou menos uma semana com esse treino todos os dias, a minha começou a renascer. Ainda bem, pois pretendia aumentar o tempo das corridas e meu pé com certeza iria doer mais.

Fui ao banheiro de um shopping center e reparei que, enquanto urinava, um rapaz olhava continuamente o meu pau. Alguém finalmente reparou em mim. Desde que li o diário, não tinha uma ereção completa, mas já fazia tempo que também não o sentia inteiramente mole. O interesse do cara fez meu pau crescer um pouco mais. Fiquei incomodado e saí rapidamente do banheiro.

Sentei em um café em outro piso do shopping, mas o rapaz veio atrás e puxou uma cadeira. Meu pau não tinha endurecido totalmente, mas acho que já estava meio grande. Então é isso, concluí embaraçado: sou gay. Não lembro o que falamos. O rapaz me chamou para ir a um outro café, em uma rua próxima de onde estávamos. Apesar de abrigar todo tipo de frequentador, o local é um conhecido ponto de encontro de homossexuais. Aceitei. No caminho, ele tentou segurar minha mão. Sem pensar, me protegi. Mesmo assim, ele deixou dois dedos encostados no meu braço esquerdo. Meu corpo inteiro se anestesiou. Pisei duro no chão e senti uma separação, tênue mas viva, entre a palmilha do tênis e a sola dos meus pés. Um resquício de pele.

No café, pedimos suco e o rapaz colocou a mão na minha perna esquerda. Não o afastei. Alguém me deseja. Ele sorriu e, depois de alguns instantes calado, se aproximou e tentou me beijar. Levantei e saí correndo. Duas esquinas adiante, percebi que meu pau estava muito duro. Além disso, meus pés tinham pele de novo. Vou me salvar. Meu corpo vai ajudar a minha cabeça: não estou dentro de um livro que escrevi.

De volta ao cafofo me senti extremamente mal. Retornei ao café no dia seguinte para ver se encontrava o rapaz e contava toda essa história. Ele iria entender. Fiquei por duas horas, mas ninguém apareceu.

Agora que minha miséria está passando, quero pedir desculpas para duas pessoas: o advogado que fez o divórcio e não merecia ter sido vítima da minha violência e esse rapaz, que na verdade me fez muito bem.

*

27 de julho: Em Cannes eu pude confirmar a mulher que eu sou. As carícias do [X] me desabrocharam. O Brasil e esse ambiente cultural mesquinho reduzem muito as pessoas como eu. Não sou a típica mulher gostosa do Brasil. Fora do Brasil, na rua muitas vezes nem percebem que eu sou do Brasil. Eu preciso de um ambiente sofisticado para desabrochar, de gente igual o [X], um cineasta que foi brilhar na terra de Malle, Renoir e Truffaut. E a besta do meu marido acha Godard o maior cineasta francês. Eu tenho necessidade de falar francês, mostrar os vestidos que eu comprei, fazer grandes perfis, perfis de cineastas de verdade. Quantas jornalistas são convidadas para entrar no hotel dos jurados de Cannes? O [X] me mostrou a verdadeira mulher que eu sou, o que só homens muito maduros sabem fazer. O que eu vivi em Cannes moveu o mundo e me fez nascer de verdade e não ficar aqui no Brasil, um país que eu sou o tipo de mulher desvalorizada e não posso mostrar meu potencial.
A mulher que eu sou só poderia desabrochar em um lugar como o Festival de Cannes. A noite que eu passei com o [X] no Festival de Cannes me mostrou quem eu sou de verdade. Ser casada com um escritor é bom, ter conhecido homens

mais velhos me fez crescer e ser madura, mas eu precisava de um lugar como Cannes para desabrochar mesmo.
Só que um cara fechado como o Ricardo nunca vai entender isso.

*

Acho que mais dez dias e eu estava conseguindo correr por quinze minutos sem parar. A sensação foi de esperança. Quero estabelecer uma rotina de novo. Minha pele tinha se refeito até a canela e o vento gelado, enquanto eu corria, refrescava o resto do meu corpo descarnado.

Na padaria, não encontrei a Ramona pelo terceiro dia seguido. Será que aconteceu alguma coisa? Minha amiga, do outro lado do balcão, não soube responder. No cafofo, eu tinha por duas vezes tentado desenhar o rosto dela se abaixando para ver o cliente e negociar o programa. Não saber controlar os traços direito e ser péssimo com as cores são duas das minhas frustrações. Nunca vou mostrar para ninguém meus desenhos: jogo-os fora logo depois de acabá-los.

Tracei um roteiro de treinos na internet e comecei a cumpri-lo um pouco antes da meia-noite. Pelo meu plano, poderia começar com os habituais quinze minutos e aos poucos ir aumentando, o que exigiria apenas virar mais uma esquina e correr até a outra.

Com isso, consegui finalmente estabelecer uma rotina de sono. Cinco horas por dia, sem exceção. A falta de ar ainda continuava, porém. Durante os primeiros treinos, o peso na minha cabeça se alternava com uma série de outros sentimentos.

Mesmo assim, estava começando a pensar de um jeito mais organizado. Tenho orgulho do meu método.

O Ricardo é louco, minha ex-mulher saiu espalhando para os colegas jornalistas. Não consegui achar nenhuma explicação convincente para o fato de não ter percebido antes.

Por que eu disse *sim*? Acho que nem este livro vai me dizer. Poucas coisas são mais ridículas, e de novo clichês, do que gente que subiu na vida trabalhando. Aceitei casar com uma pessoa que progrediu com o próprio suor...

Os bem-sucedidos, que começaram a se tornar muito presentes nos anos do governo de Fernando Henrique Cardoso e se solidificaram com Lula, sempre foram alvo do meu desdém. De repente, eu estava no meio de pessoas que deram certo na vida. Uma galera que ganhou dinheiro trabalhando. E, apesar do incômodo com a janela aberta, eu me sentia bem entre eles.

*

Os amigos da minha ex-mulher perceberam logo que eu era vaidoso e souberam me bajular. Todos subiram na vida trabalhando e compraram bons apartamentos durante o governo Lula.

O retrato não é difícil de traçar. Logo que começamos o namoro, por exemplo, uma amiga da minha ex-mulher me escreveu sugerindo um café porque queria perguntar algumas coisas sobre o meu processo criativo. É isso mesmo: processo criativo!

Gente bem-sucedida tirou pós-doutorado em clichê. Não tenho coragem de reproduzir as observações sobre o acervo da Neue Gallery que minha ex-mulher fez nas primeiras páginas do diário. A moça do processo criativo, ainda, seria a autora da ligação telefônica mais patética que recebi na vida: olha, Ricardo, estamos te monitorando, somos jornalistas, pessoas bem informadas. Essa superinformada, no caso, é uma repórter de TV.

Ela usa roupas mais ou menos moderninhas e comprou um apartamento nos Jardins. A casa própria é decisiva para o bem-sucedido. A mobília mistura um espírito retrô com certos toques de revista de decoração.

A cozinha foi projetada em um tal estilo americano, e vários móveis copiam o trabalho de designers famosos. O original não dá para comprar, porque o bem-sucedido precisa sempre ter uma poupança. Minha ex-mulher, por exemplo, tinha uma réplica de uma mesa Sarine. Não sei se é esse o nome. Não vou perder tempo pesquisando essa bosta.

Os convidados são recebidos com uma tábua de frios giratória que a bem-sucedida comprou na última viagem à Itália. Olha, o Vaticano é lindo, tem que ir. Na TV, apesar da fama de maluca que tem na emissora, a bem-sucedida é sorridente. Ela é engraçada, não usa joias (apenas alguns anéis) e jamais poderá ser chamada de perua. O carro é discreto, mas importado. Para me bajular, queria falar do meu processo criativo.

Claro que a bem-sucedida conhece todos os restaurantes caros de São Paulo. Por ser jornalista, se acha poderosa. Completa o retrato um detalhe decisivo: casou-se com um artista, no caso, um músico culto e talentoso. Eu seria o próximo.

*

Infelizmente, nunca conversei com a bem-sucedida sobre o tal processo criativo. Este romance, portanto, tem um trecho incompleto. Não vou decepcioná-la, porém: crio um plano e sempre prefiro cumpri-lo. Se as coisas dão errado, paro e o refaço. Quando tudo sai do controle, procuro um lugar silencioso, de preferência onde eu possa me deitar. Ao saber que o André tinha se matado, peguei minha mochila e fui ao Parque do Ibirapuera. Fiquei quatro horas esticado na grama. Depois, saí atrás de uma igreja. Quando li o diário, não consegui fazer nada disso: minha pele desapareceu.

Uma semana antes de me deixar o diário de presente, minha ex-mulher convidou minha mãe para um café. Antes, pararam não sei onde sem ter planejado. Depois, também. Devem ter tomado chá. O objetivo era minha mãe saber que um homem da minha idade não ter carro, aliás sequer carta de motorista, é um vexame. Dona Sônia, ele acorda todo dia na mesma hora para escrever! Parece que seu filho nasceu com um manual de instruções. Ele odeia improvisos, tudo precisa ser como o planejado. Seu filho vive do jeito que escreve os livros. Ele deve achar que está certo porque elogiam.

Minha ex-mulher não é a bem-sucedida padrão. Talvez seja apenas aqui que ela fuja de um clichê: é uma caricatura. Essa gente que se deu bem na vida é versátil. Sabe se virar. Mas eu casei com uma desgovernada.

Evidentemente, minha mãe disse algumas verdades: você casou cheia de queixas e quer mudar meu filho de trinta e cinco anos? Ele é assim desde que nasceu. Atrás de um armário, minha mãe ainda guarda a enceradeira elétrica que comprou há trinta anos.

É uma daquelas finas, de haste longa, que fica rodando enquanto a pessoa precisa segurá-la com força. Se o cabo soltar, vai girar sem controle e derrubar tudo que estiver perto. Não adianta sequer tirar o fio da parede.

Aliás, é pior: ele vai rodar junto e pode acertar quem tentar controlá-la, como se fosse um chicote.

Casei com uma enceradeira elétrica.

*

Com quarenta e cinco dias fora de casa, eu conseguia correr meia hora sem nenhum intervalo. Depois disso, caminhava mais sessenta minutos em ritmo forte. Meu sono tinha se acostumado às cinco horas. Não é o suficiente para mim, mas ao menos eu já não me sentia tão mal. A pele voltara apenas até a canela e a falta de ar diminuía gradativamente.

Depois dessa sessão de uma hora e meia de exercício, que aliás começava um pouco mais cedo que antes, eu passava mais ou menos esse mesmo tempo na padaria. De vez em quando a Ramona vinha. Escrever é difícil. Fazer programas deve ser mais. Às vezes eu gozo.

Ela sabe tudo o que me aconteceu. Algumas pessoas têm o desastre colado à pele que lhes resta e o identificam por aí. A moça do balcão também: você supera. Ramona concorda. Vai passar, bobo.

Eu nunca tinha escrito um texto na rua e com tanta gente perto. Quando fixei meus treinos em meia hora de corrida e uma de caminhada, já tinha o primeiro rascunho do conto "Divórcio". Durante a revisão, em um dos dias em que a Ramona não apareceu, percebi que estava muito vulnerável. É o assunto do texto.

Perdi demais, concluí no caminho de volta ao cafofo. Entre as várias pessoas que minha ex-mulher tinha me apresentado, gostei de verdade de duas. Resolvi mandar um e-mail para elas: Quando estiver melhor, talvez a gente possa tomar um café. Estou tentando evitar mais perdas. O chefe do jornal, casado com uma colega da minha ex-mulher, respondeu me desejando boa sorte quase na mesma hora. De noite, a assessora de imprensa especializada em artes plásticas, uma das senhoras mais elegantes que já conheci, me escreveu um e-mail curto: a vida às vezes é muito triste. Podemos tomar esse café quando você quiser.

Algumas horas depois, minha ex-mulher me enviou o seguinte e-mail, vindo de um endereço que eu não conhecia: Só para você saber: os dois me falaram que você escreveu para eles. Então saiba: contei toda a verdade. Quando alguém perde uma mulher como eu, perde tudo o que ela traz junto. Você não exigiu o divórcio? Agora fique sem nada e sem ninguém.

Quilômetro sete
*esse ano dificilmente alguém
tira o prêmio do Malick*

Minha ex-mulher gostava dos festivais internacionais de cinema. Aqui do Brasil, eu acompanhava as coberturas, dava minhas impressões e, de vez em quando, alguns palpites. Ela voltava com a mala cheia de roupa para me presentear. Agora, você vai se vestir como um homem. Também trazia material de desenho, folhas timbradas, revistas para recortar, todo tipo de lápis e o que mais eu pudesse usar para fazer as colagens que me recuso a mostrar para qualquer pessoa. Esses presentes eu adorava.

No namoro, nossa única crise séria ocorreu durante a cobertura do Festival de Veneza. Eu estava incomodado com o que naquele momento me parecia um desleixo dos jurados de um prêmio literário com o meu último romance, *O livro dos mandarins*. Por e-mail, minha ex-mulher acabou dizendo que não tinha gostado do meu livro. Ele é chato. Achei a observação despropositada e fora de hora. Irritei-me bastante.

O casamento completava quarenta dias quando ela embarcou para cobrir o Festival de Cannes de 2011. Como sempre fazíamos, combinamos trocar alguns e-mails durante o dia e, nas noites em que eu não desse aula, ela ligaria para casa.

Enquanto se preparava para a cobertura, minha ex-mulher resolveu assistir aos filmes de Terrence Malick. Pelo que me disse (hoje desconfio de que ela sabia de algo), sua "intuição de jornalista" insinuava que, apesar da ausência, ele seria a grande estrela do festival. Assistimos juntos. Achei os filmes bons.

A comunicação que tínhamos combinado funcionou no começo: trocávamos por volta de dez e-mails por dia. Encontrei vários na caixa de "enviados" da minha conta, o que me permite refazer a comunicação. Ela fala, divertindo-se, da entrevista coletiva do Woody Allen. Em algum momento, desfaz de *A pele que habito*, de Pedro Almodóvar. Pergunto sobre o filme do Lars von Trier, um cineasta que acompanho faz tempo.

Há uma grande expectativa por ele, é a resposta. Pelo que estou observando, talvez seja o único que possa concorrer com o Malick. No dia 16 de maio, minha ex-mulher assiste à exibição de *A árvore da vida* e me manda um e-mail dizendo que ainda não sabe o que pensar do filme. Horas depois, envia outro avisando que naquela noite não poderíamos conversar: vou jantar com uma pessoa importante do festival. Talvez ajude minha cobertura.

Poucos dias adiante, também por e-mail (e acho que por descuido) eu ficaria sabendo que "a pessoa importante" era na verdade um dos membros do júri do prêmio principal, um cineasta africano radicado na França chamado [X]. No último e-mail daquele dia, desejo um bom jantar.

*

Ela demora a fazer contato. Quando finalmente me escreve, no final da tarde do dia seguinte, pergunto se tinha acontecido alguma coisa. Tive que acordar cedo e a entrevista com o Brad Pitt exigiu muito de mim. A cobertura está sendo maravilhosa, mas exaustiva. De um jeito ou de outro, estou indo bem.

Malick não aparece em público e quem acabou fazendo o papel de porta-voz do filme foi o famoso ator americano. A certa altura do festival, Pitt entrou numa espécie de palco todo vermelho e fez o que melhor sabe: posou para fotógrafos do mundo todo. O marketing de Cannes sempre coloca o evento como uma alternativa de ótimo gosto para a vulgaridade de Hollywood, mas o circo armado para receber o astro replica, sem erro ou constrangimento, as imagens do Oscar. Falta apenas Lars von Trier subir no picadeiro para concluir o espetáculo. Não vai demorar.

De noite, minha ex-mulher liga e parece nervosa. A nova editora do caderno de cultura não responde aos e-mails que estou mandando. Nem depois de saber que descobri algo importante.

Na nossa última troca de e-mails daquela noite (ela não telefonou de novo), minha ex-mulher diz, como sempre, que ainda não sabe o que pensar de *Melancolia*, o filme de Lars von Trier que eu estava ansioso para ver. Logo, muda de assunto: uma *fonte* minha me disse que esse ano dificilmente alguém tira o prêmio do Malick. Avisei que preciso de mais espaço e o jornal não retorna.

Minha resposta é também irritada: como alguém pode saber que esse ano dificilmente alguém tira o prêmio do Malick se o festival ainda está na metade? E os filmes que não foram apresentados?

*

Minha ex-mulher estava na plateia da entrevista coletiva em que Lars von Trier, a despeito de apresentar *Melancolia*, disse ser meio nazista e entender Hitler. A situação é mais embaraçosa porque em momento algum ele aparenta ter perdido inteiramente o controle. Ao menos no início, antes de tudo virar uma bola de neve, o cineasta parece debochar de alguma coisa.

Assisti à entrevista dezenas de vezes. A última foi ontem, quando esquematizei esse fragmento. Ele emenda uma besteira na outra, como se não conseguisse fazer nada diferente do que chutar o balde. É emblemático que a atriz ao lado dele, de fato brilhante no filme, iria depois receber o prêmio principal de sua categoria. Ela não esconde o constrangimento.

A reação de Lars von Trier com certeza foi inconsciente, mas imagino o que deve ter acontecido. Sensível, notou que esse ano dificilmente alguém tira o prêmio do Malick e acabou dizendo que entende Hitler. Ninguém era nazista em Cannes (em 2011, claro), mas a frivolidade estava solta. O hotel onde os jurados se hospedam e eu jantei, minha ex-mulher me escreveu, é impressionante.

Ainda antes do anúncio oficial, eu já sabia que Trier seria punido com severidade. Respondi o e-mail em que ela me contava isso dizendo que me parecia um exagero do festival. Foi quando ela citou inadvertidamente o nome do jurado com quem revelaria ter passado a noite durante a cobertura: eu não soube o que pensar quando tudo aconteceu, mas o [X] me esclareceu um detalhe importante: Cannes tem uma antiga tradição humanista. O que Lars von Trier fez vai contra a natureza do festival.

Para o Festival de Cannes, a partir de 2011 Lars von Trier é *persona non grata*.

Minha ex-mulher foi uma das primeiras jornalistas do mundo, talvez a primeira (não vou conferir), a entrevistá-lo logo após o anúncio da punição. Se me lembro bem, ela escreveu na matéria que tudo não passou de coincidência. De um jeito ou de outro, agiu muito rápido. O diário dela e os e-mails que recebi me obrigam a concluir que [X] estava passando diversas informações do júri para ela. É o que os jornalistas chamam de *fonte*.

Tudo isso é inverossímil. Cabe apenas em um romance: a explicação para o surto que Lars von Trier teve no Festival de Cannes de 2011 veio parar em uma gaveta na minha casa.

*

Cannes é um festival tão humanista, respondi, que uma semana antes de terminar você já sabe que esse ano dificilmente alguém tira o prêmio do Malick.

Ricardo, foi a resposta, estamos de novo cometendo um erro: se quisermos que nosso casamento chegue a algum lugar, não podemos deixar meu trabalho invadir nossa relação.

A cobertura acabou lacônica. Tenho outro e-mail, dois dias antes da volta ao Brasil, em que ela reclama mais uma vez da nova editora. Aparentemente os e-mails que iam da redação para Cannes eram curtos e sem nenhum retorno sobre o conteúdo das matérias. A impressão que tenho, ela me escreveu, é que fiz o mesmo trabalho que os outros brasileiros, apesar de ter muito mais informação.

Mandei outra resposta violenta e minha ex-mulher replicou quase na mesma hora, dizendo que nosso casamento não iria muito longe. Certas coisas, Ricardo, você nunca vai entender. Você é muito cerebral, é programado feito um computador. Você é rígido para o meio artístico. Você nasceu com um manual de instruções. Por isso você nunca vai ter um lugar de verdade como escritor.

Na matéria anterior ao anúncio do prêmio, minha ex-mulher cinicamente diz que diversos filmes poderiam ser contemplados. A Croisette pode ver hoje a coroação de qualquer um dos grandes cineastas em competição. Ela descreve o júri, citando nominalmente a *fonte* que depois apareceria no diário, e aponta brevemente algumas tendências.

*

Apesar de ter opiniões muito categóricas sobre as pessoas, nunca ouvi minha ex-mulher criticar alguém de forma ácida. Ela é simpática até para destruir os colegas.

Depois, um antigo membro da imprensa iria me explicar que muitos jornalistas são agradáveis desse jeito porque sorrindo fica mais fácil conseguir uma declaração de alguém. Para eles, o termo técnico é "aspas". Ele me sugeriu inclusive a leitura de um livro clássico nas faculdades de comunicação, *O jornalista e o assassino*, em que a relação da imprensa com as *fontes* e os entrevistados é discutida.

O cerne de *O jornalista e o assassino* é o fato de que o jornalismo muitas vezes envolve um comportamento ético condenável:

> Qualquer jornalista que não seja demasiado obtuso ou cheio de si para perceber o que está acontecendo sabe que o que ele faz é moralmente indefensável. Ele é uma espécie de confidente, que se nutre da vaidade, da ignorância

ou da solidão das pessoas. Tal como a viúva confiante, que acorda um belo dia e descobre que aquele rapaz encantador e todas as suas economias sumiram, o indivíduo que consente em ser tema de um escrito não ficcional aprende — quando o artigo ou livro aparece — a *sua* própria dura lição. Os jornalistas justificam a própria traição de várias maneiras, de acordo com o temperamento de cada um. Os mais pomposos falam de liberdade de expressão e do "direito do público a saber"; os menos talentosos falam sobre a Arte; os mais decentes murmuram algo sobre ganhar a vida.

Minha ex-mulher foi cobrir o Festival de Cannes em 2011, como eu disse, quando completávamos quarenta dias de casados. Ao voltar, comemoramos os dois meses em um restaurante. Eu encontraria esse diário depois de mais dois. Eu enxergava nossas discussões como normais para um começo de união.

A simpatia ficava de lado apenas quando ela falava da nova editora e, consequentemente, do jornal onde trabalhava. Como ela não me deu mais espaço?, ouvi uma vez na fila do Cinesesc. Quando finalmente viajamos para a lua de mel em Nova York, a negociação dela com uma revista de creminhos e sapatos caros estava bem adiantada.

*

Meu caro [X]: se o senhor tiver levado seu trabalho de jurado em Cannes a sério, peço mil desculpas. Mas é que minha ex-mulher me disse que foi convidada pelo senhor para jantar em um hotel onde ela não poderia entrar — e eu acho que os membros de um júri simplesmente não deveriam ter qualquer contato com jornalistas — e depois largou um diário com a seguinte frase: *A noite que eu passei com o [X] no Festival de Cannes me mostrou quem eu sou de verdade.*

Ricardo, a Notre Dame é um monumento da história humana. O Festival de Cannes tem uma tradição humanista e Lars von Trier é *persona non grata.*

Não estou conseguindo parar de rir.

Poucos dias depois de encontrar o diário, mandei um e-mail para minha ex-mulher peguntando se ela e esse tal [X] tinham usado preservativo. A resposta é de novo inverossímil e também só poderia aparecer em um romance: não, Ricardo. Mas foi só uma vez. Está vendo como você é, nem todo africano tem aids. Você quer me condenar pelo que fiz em Cannes e por esse bendito diário, mas você é racista.

*

Dizem que, depois de serem traídas, muitas pessoas ficam obcecadas por cada um dos detalhes do que teria acontecido. Como tudo começou? Você chupou? Fez alguma coisa que não faz comigo? Além do preservativo, e de uma leve curiosidade por saber se a janela do hotel estava aberta, não tive o menor interesse em saber se minha ex-mulher foi por cima ou ficou de quatro em Cannes.

A única coisa que fiz foi olhar, uma vez apenas, a fotografia do [X] no Google. Tem cara de cineasta humanista. Inclusive, a Mostra Internacional de Cinema de São Paulo, sei lá em que ano, premiou-o por sua atitude humanitária. Cannes também deu uma distinção para um de seus filmes.

Com um pouco mais de cinquenta anos, segundo o diário da minha ex-mulher, participou de uma guerra na África e depois foi morar em Paris. Entre suas ações humanitárias está a luta pela reabertura da única sala de cinema em atividade nos Camarões. Não tive vontade de ver seus filmes, mas sou capaz de adivinhar o conteúdo.

*

O adultério que minha ex-mulher conta ter cometido no quadragésimo dia do nosso casamento mostrou-me a diferença entre a solidão e um tipo estranho e cruel de dor. A solidão verdadeira exige a distância não apenas dos amigos e da família, mas também do país e da língua materna. É preciso ser estrangeiro e não entender nada ao redor para estar de fato sozinho.

Aconteceu comigo na Cracóvia, uma das cidades mais bonitas que já visitei. Eu tinha antes ido ver o porto de Gdansk, muito presente em certo momento da minha adolescência, e queria agora um lugar menos cinzento. Tinha vinte e seis anos.

No primeiro dia, procurei o mercado central e caminhei pelos arredores da residência universitária onde me hospedara. Durante as férias, os alunos recolhem as coisas e alugam os quartos para os turistas com menos dinheiro.

Resolvi, na segunda manhã na cidadezinha, andar na direção contrária ao centro. Passei por baixo de uma ponte, cruzei uma avenida enorme e vazia, andei mais um pouco e devo ter chegado a um bairro residencial, com aqueles predinhos baixos típicos da pavorosa arquitetura socialista.

Até ali, não tinha cruzado com ninguém. Percebi que andava havia mais de três horas e resolvi voltar. Antes, para tomar fôlego, sentei no banco de uma praça e fiquei contemplando uma espécie de terminal de ônibus. Por causa da distância, para mim ele aparecia em miniatura. Tentei distinguir os poloneses entrando e saindo, mas de novo não vi ninguém. Quando fui planejar o caminho de volta, notei que já não me lembrava de onde tinha vindo. Atrás havia uma avenida de mão dupla sem carros e à direita, uma rua menor. Do outro lado e à minha frente estavam os predinhos. Alguns apartamentos tinham a janela aberta. Nesse momento, percebi que estava muito sozinho.

*

A sensação de estar realmente sozinho não é ruim. Percebi o suor e controlei o medo. Claro que vou encontrar o alojamento dos estudantes. Em último caso, tomo um táxi. Fiquei alguns instantes olhando a avenida e não vi nenhum. Comecei então a fazer alguns planos. Posso, por exemplo, pedir ajuda para um morador desse prédio. Deve ter alguém aí.

Do outro lado da rua, três adolescentes passaram fazendo barulho. Pela roupa, podiam ser brasileiros. Lá no terminal, um ônibus liga o motor e logo está na avenida, indo na direção contrária à minha. Se eu tivesse chegado mais cedo, poderia subir em um deles e ir mais longe.

A ideia me excitou. Levantei e procurei contornar os predinhos. Do outro lado também não achei uma portaria. Não vi ninguém. Estou sozinho, faz um sol muito forte e me sinto bem. No dia seguinte, visitei o campo de concentração de Auschwitz.

Voltei para o banco, sentei-me para descansar mais um pouco e vi que ainda tinha água na mochila. Coloquei tudo o que carregava ao meu lado e, sem pressa, organizei as coisas. Percebo agora que minha mochila me deixa mais seguro. Não consigo lembrar que livro estava lendo. Certamente carregava um. Eu também estava comprando algumas revistas de xadrez. Tenho uma polonesa comigo até hoje, não sei dizer se a comprei naquele dia. Acho que não.

Apertei o zíper da mochila e olhei ao redor. Não vi ninguém. No terminal, contei dois ônibus com o motor desligado. Criei uma estratégia. Vou pela avenida maior e, quando precisar decidir por um caminho, seguirei pelo mais largo. Para voltar, dei as costas para os predinhos.

*

A dor de perder a pele é muito diferente da solidão. Na Cracóvia, antes de encontrar o caminho, passei bastante tempo conversando comigo mesmo. Uma hora a rua certa vai aparecer. Na verdade, quatro garotos acabaram me ajudando.

Descarnado, o tempo inteiro eu esperava alguém se aproximar e me dar uma explicação. Um corpo sem pele não consegue achar nenhuma resposta. A consequência é ainda pior: o ar começa a desaparecer.

Além disso, as palavras ao redor são todas compreensíveis. É fácil entendê-las, mas elas não explicam nada. O mundo oferece pouco para as pessoas que estão muito vulneráveis. Uma explicação, jamais. Qualquer pequenino alento emociona muito.

Dois dias depois de visitar o campo de concentração de Auschwitz, fui a Budapeste e subi as longas escadarias que levam às cavernas onde um grupo de cristãos, quando ainda eram minoria, reunia-se para rezar. Alguns objetos continuam no mesmo lugar. Pouco tempo depois de sentir a maior solidão da minha vida, fiquei emocionado diante de um cálice tombado na pedra. Ninguém podia tirar fotos.

Agora não preciso de dois milênios de história para meu corpo tremer. Nos piores dias após o divórcio, apenas o sorriso de alguém me trazendo o almoço no restaurante já me obrigava a ir ao banheiro para não passar o papel ridículo de chorar no meio de todo mundo. As pessoas olham para o outro lado. Talvez alguém traga água. Uma explicação, jamais. O pior de uma dor como essa é a impossibilidade de fazer um plano. É impossível confiar em qualquer coisa. Perdido na Cracóvia, bastava criar uma estratégia. Um corpo sem pele, porém, não consegue se proteger.

*

Estou redigindo a primeira versão deste capítulo em maio de 2012. Minha ex-mulher é hoje apenas uma sombra do maior erro da minha vida. No semestre passado, no entanto, depois de me ver morto, fiz de tudo: por pouco, não fui internado.

Assisti a diversos filmes sobre relações amorosas doentias e, não por coincidência, outros sobre jornalismo. Aliás, vários membros da imprensa me indicaram uma enorme bibliografia. O melhor livro, entre as dezenas que li, é com certeza *O jornalista e o assassino*. Também gostei bastante de *Notícias do planalto*. Muitos desses livros tematizam a relação problemática dos jornalistas com as chamadas *fontes*, pessoas que dão informações privilegiadas para a imprensa.

Se veicular algo que desagrade suas *fonte*s, um jornalista continuará recebendo dados privilegiados? Claro que não. Caso faça isso, logo não terá como trabalhar. Anotei diversas trocas de favores denunciadas por essa bibliografia. Minha conclusão é óbvia e fácil: o jornalismo que usa *fonte*s é, desde o início, suspeito e eticamente condenável.

No meu primeiro mês fora de casa, quando insistia para que eu voltasse, minha ex-mulher confessou que não é tão incomum que um jornalista acabe na cama de suas *fonte*s. O caso dela é um tanto particular apenas pela frequência. Você conhece a [X]? Ninguém sabe quem é o pai da filha dela. Ela não revela nem para a vó da criança. Tudo o que a gente sabe é que é um político importante de Brasília.

A propósito, a tal [X] vive dando furos na área de política. Será que ela contraria os interesses do pai da menina? Ele é a principal *fonte* e, segundo minha ex-mulher, paga direitinho a pensão.

*

Mais ou menos no final de maio, dois meses antes de ler o diário, enquanto voltávamos de um jantar com uma assessora de imprensa muito próxima dela, minha ex-mulher me disse que o nosso [X] viria ao Brasil participar do júri da Mostra Internacional de Cinema de São Paulo. Você não lembra, aquele cineasta africano premiado com quem jantei em Cannes? Ele me mandou um e-mail avisando que vem para a Mostra. Vou fazer alguma matéria. Se você quiser, Ricardo, eu arranjo um jantar para você com ele. [X] é maduro e muito experiente no meio artístico. Acho que uma conversa seria muito boa para você. Em Cannes ele me esclareceu muita coisa. Ele pode ajudar você a deixar de lado essa imaturidade quanto ao mundo da arte.

Não lembro minha resposta.

Achei sem dúvida muito desagradável minha ex-mulher me trair com apenas quarenta dias de casamento. (Querido [X], se o senhor tiver levado o trabalho de jurado em Cannes a sério, me desculpe: xeroquei um diário e andaram falando umas coisas sobre o senhor aqui no Brasil...) Com certeza, eu teria encerrado o casamento apenas por isso. Detesto vulgaridade. Não consigo pensar em nada mais clichê do que uma jornalista dormindo com um jurado no hotel reservado do Festival de Cannes. O fato de ser um humanista só piora a situação. Mas a crueldade da minha ex-mulher ultrapassa a de qualquer adúltero obsessivo: ela queria que eu jantasse com [X].

*

O que deixou meu corpo morto, no entanto, não foi nada disso. A seguinte frase tirou-me toda a pele: *Casei com um homem que não viveu. O Ricardo ficou trancado dentro de um quarto lendo a vida toda.*

Tenho trinta e seis anos e uma renda, há algum tempo, que me permite figurar entre os privilegiados. Mesmo assim, nunca fiz nenhuma aplicação financeira. Não guardo dinheiro. Compro livros com tudo o que me sobra. Jamais quis ter um carro ou me preocupei em comprar uma casa. Já gostei de algumas mulheres e ainda vou encontrar um grande amor para ter filhos e passar o resto da vida. Quanto aos objetos, como com tudo, sempre fui muito constante: gosto apenas de livros. Tenho doze mil e pretendo aos sessenta anos ter multiplicado meu acervo por dez.

Quando no Chile fiz o lance errado e perdi a oportunidade de ser campeão de xadrez, tive pela primeira vez um sonho que volta de vez em quando: há um tiroteio por todo lado, mas estou atrás de uma barricada de livros e nada me atinge. Ao acabar, arrumo todos na estante de novo. Depois de ter me divertido muito escrevendo este capítulo, sinto uma dor enorme por ser obrigado agora a confessar: morro de vergonha de ter dito *sim* para uma mulher capaz de escrever isso:

Casei com um homem que não viveu. O Ricardo ficou trancado dentro de um quarto lendo a vida toda.

A culpa é minha.

Em *Melancolia*, Lars von Trier insinua que uma catástrofe gigantesca está no horizonte. Pode ser, mas não é por causa dela que vou me corroer. Ainda vou ser o marido e o pai "invencível", como o sobrinho da personagem de Kirsten Dunst diz para a tia na hora de construir a "caverna mágica" que, na cabeça dele, salvaria a família.

E como resolveram brincar em cima do meu corpo nu, vou me expor mais uma vez. Agora, sei como descobrir se minha segunda mulher vai ser a última. É o que eu quero. Detesto grosseria. Adultério é para gente vulgar. Sexo, depois da adolescência, só é bom se tiver afeto junto. Inventei uma "caverna mágica": antes do casamento, eu e minha segunda mulher passaremos dez dias em uma das cidades que eu adoro. Londres, Paris, Nova York ou Buenos Aires. Nos primeiros cinco, vamos ficar trancados no quarto lendo. Depois, podemos visitar o mundo.

Quilômetro oito
meu marido é só um menino bobo

Apaixonei-me pela minha ex-mulher na noite de autógrafos de *O livro dos mandarins*. Apesar de ser apenas mais uma das convidadas, ela chegou cedo, cumprimentou-me e comprou dois exemplares. Antes da fila se formar, perguntou para a representante da editora se estava tudo certo. Depois, colocou-se na escada e começou a recepcionar as pessoas.

Achei estranho, mas simpático. Havia amigos muito mais íntimos, todos os meus parentes próximos e duas pessoas da editora. Mesmo sem nunca ter passado de uma amiga distante — ou talvez da única pessoa da imprensa com quem eu conversava de vez em quando — ela assumiu a função de namorada.

Quando o fluxo de convidados se acalmou, passou a ir de rodinha em rodinha. Para o [X], pediu desculpas e disse que precisava ler os livros dele. Com o Joaci, já tinha até tomado um café. Minha mãe e minha irmã a acharam simpática. Ela ainda passou algum tempo trocando piadas com meus alunos e, apesar de não saber a diferença entre um bispo e um cavalo, conversou animadamente com o pessoal do xadrez. O assunto, claro, foi o jogo. Depois, eu iria perceber que muitos jornalistas têm a habilidade de falar horas sobre assuntos de que não entendem nada.

Ainda no lançamento, [X] perguntou se estávamos namorando. Fiquei espantado e dei risada. Um pouco antes de ir embora, minha irmã repetiu a pergunta e complementou: se não estão, com certeza é o que ela quer. Não entendi muito bem por quê, mas fiquei com aquilo na cabeça. Para ser justo, devo dizer que minha ex-mulher foi uma das últimas a sair, mas se despediu sem nenhuma insinuação. Nos dias seguintes, desapareceu.

*

Cinco dias depois, viajei para jogar xadrez no Rio Grande do Sul. Dividi o quarto com um amigo que fora ao lançamento e, quando comentei o que estava sentindo, ele se lembrou dela e sugeriu que eu enviasse um e-mail. Escrevi que tinha ido muito bem no primeiro dia de torneio e perguntei se ela não gostaria de ir ao cinema. A resposta veio em menos de dez minutos. Das quatro partidas do dia seguinte, perdi três e empatei uma.

De volta, trocamos apenas mais um e-mail, marcando o horário. Na fila, ela agia como se nada estivesse acontecendo. Senti um pouco de ansiedade e depois de quinze minutos de filme, uma besteira alemã qualquer, tive vontade de beijá-la. Ela se atrapalhou e, para disfarçar, fui ao banheiro. Na volta, mais cinco minutos e ela me agarrou.

Até ali, tínhamos sido amigos mais ou menos distantes. Acho que a conheci por causa de um texto que publiquei apoiando os movimentos populares por moradia. Ela me convidou para um café e foi muito agradável: tinha lido um dos meus livros, elogiou muito e contou que o emprestara para dois colegas de redação.

Passamos a trocar um e-mail por semana. Tomávamos café uma vez por mês. O assunto era geralmente literatura, política e, mais raramente, relacionamentos afetivos, sobretudo os dela. Nunca percebi qualquer insinuação mais direta. Uma vez, porém, troquei o horário de um café para um pouco depois. Preciso cortar o cabelo. Que bom, aí você vem arrumadinho. Foram cinco anos assim, até o dia do lançamento.

Depois eu soube que o método dela era exatamente esse: um espaço na revista, contato por e-mail, um café com a *fonte* e então o envolvimento sexual, contínuo ou não. Começam assim as trocas de favores. Se ela está namorando ou até se casou, não importa. Comigo demorou porque custei a ter alguma relevância. No primeiro café eu era apenas um rapaz promissor.

*

Para desfilar por aí, ela prefere os artistas. Primeiro um músico, depois o cineasta e então o escritor. Os subterrâneos da troca de favores, porém, envolvem geralmente cinquentões com algum poder na política cultural. Todos frequentam suas matérias. Como não consegue se conter, ela acaba contando para as pessoas. A enceradeira elétrica espalhou, por exemplo, que o secretário de Cultura largaria a esposa por causa dela.

No auge da fofoca, um jornalista me perguntou se eu não tinha percebido o comportamento da minha ex-mulher durante o namoro. Por que você foi casar? Todo mundo sabe...

Não percebi. Como já disse, a janela aberta me incomodava. Eu também não gostava quando ela dizia, rindo daquele jeito espalhafatoso, que é "facinha". Sou facinha. Depois de algum tempo, parou com essa história. Certa vez, continuei explicando para o jornalista, ela disse para um dos meus melhores amigos uma frase que, por causa da minha ingenuidade, acabou me comovendo: o amor muda as pessoas. Não muda.

Já deve ter ficado evidente que minha ex-mulher é um ser narcísico inteiramente doentio, o que a impede de enxergar qualquer coisa além de um nome em jornais e revistas e vários cinquentões semipoderosos na cama.

Não estou tratando de uma pessoa em particular. Minha ex-mulher não existe: é personagem de um romance. O crescimento brasileiro dos últimos anos corroeu muita gente em troca de um apartamento próprio, um emprego com salário de dez mil reais e outros duzentos e cinquenta mil no banco.

A nova classe média brasileira faz qualquer coisa para poder continuar comprando a réplica de uma mesa Sarine (não vou pesquisar o nome certo), um apartamento nos Jardins e uma passagem para a Europa. Uma vez a cada três meses dá para ir ao D.O.M. e nas férias o cartão de crédito aguenta um jantar no Alain Ducasse. A Notre Dame é um patrimônio histórico da humanidade.

Não, além da janela aberta e do comportamento espalhafatoso, não percebi nada. Ela precisou me mostrar, o que aliás torna menos eficaz a virulência desse fragmento.

*

Minha ex-mulher tem lampejos de consciência. Não são frequentes e ela os repele. Quando encontrei o diário e mandei uma mensagem de celular avisando que tinha lido e feito uma cópia, ela não demorou para responder: Ricardo, você descobriu a minha sombra. Agora você sabe coisas que eu não tenho coragem de falar nem para o meu psiquiatra.

O resto do diário é uma variação, sem muitas novidades, dos trechos que já copiei. Um dos momentos mais bizarros é quando ela diz que se imagina vendo [X] filmar. *Depois, vamos sair para jantar e ele vai me levar no mesmo restaurante dos grandes cineastas franceses. Vamos nos casar e eu vou cuidar dos dois filhos dele.*

Em um único trecho do diário, ela demonstra algum carinho por mim. No dia 26 de julho, quando aliás completávamos quatro meses de casados, minha ex-mulher escreveu o seguinte: *o Ricardo acabou de se cobrir. Ele está com frio. De vez em quando tenho vontade de protegê--lo. Será que foi por isso que eu casei? Meu marido é só um menino bobo. Ele não sabe o que é o mundo e talvez nunca vai* (sic) *descobrir. Por isso ele foge para traz* (sic) *desses livros. Agora ele se virou.*

Por fim, em 3 de agosto de 2011 (poucos dias portanto antes de eu achar esse diário e ir embora de casa), ela registrou um momento de desespero: *não é possível. Não posso estar vivendo isso. Preciso voltar. Preciso me acalmar. Quero ser uma pessoa decente de novo. Preciso deitar a cabeça no peito do meu marido e aprender as melhores qualidades dele. Quero retornar, quero muito retornar ao meu marido.*

*

Do mesmo jeito, acredito que, em momentos localizados, minha ex-mulher tenha sentido algum amor por mim. Em duas viagens que fez ao exterior, ainda durante o namoro, ela trouxe material para as minhas colagens. Quase tudo se adequava ao meu projeto, o que significa que algo de mim naquele momento específico a interessou. Além disso, ela fez sozinha uma cesta de café da manhã no meu aniversário, o que por algum motivo me comoveu.

O resto do namoro foi um incansável desfile na casa dos amigos dela. Quando sobrava um tempinho, o escritor que tinha se apaixonado podia ser mostrado para os colegas de trabalho. Sem saber, fui apresentado ainda para quatro ex-amantes dela e descobri há um mês que vivi a constrangedora situação de ter tomado um café em Paris com um fotógrafo francês com quem ela tinha transado anos antes. A crueldade que ela expressa no diário, porém, apareceu explicitamente durante o namoro pouquíssimas vezes. Ela criticou o meu pedido de casamento, por exemplo.

Como era muito simpática e sobretudo sabia manipular minha vaidade, comecei a achar que o estranhamento com a janela aberta era um problema meu. Ela se dá bem com todo mundo. Além disso, quando a pedi em casamento, eu era muito pretensioso: mulher nenhuma me engana. Claro que ela gosta de mim. Afastei o estranhamento e me deixei tomar pelo amor que sentia.

Não sei o que ela queria ao se casar comigo. Provavelmente eu fazia parte de algum plano. Na melhor hipótese, talvez estivesse tentando se livrar do narcisismo que a corroía.

Talvez eu esteja imaginando a possibilidade da batalha interior para me reconfortar. Não sei se algum dia vou entender o que faz uma mulher de trinta e sete anos escrever um diário como esse e, ainda mais, deixá-lo para o marido com quem acabara de se casar. *Divórcio* é um romance sobre o trauma.

*

O capítulo fracassou. Meu plano inicial era lembrar tudo o que vivi de bom com minha ex-mulher para entender por que resolvi me casar. Na economia do romance, seria o momento de descrever o que ela fez por mim, os passeios, as conversas e sobretudo como cultivei o amor que comecei a sentir no lançamento de *O livro dos mandarins*.

Estou escrevendo onze meses depois de ter saído de casa e visto meu corpo morto no cafofo. Passei dez dias esquematizando esse trecho, mas consegui pouquíssima memória. Não achei fotos ou anotações do período de namoro. Devo ter jogado tudo fora. Sinto que alguma coisa de fato morreu dentro de mim. Se tiver sido feliz na maior parte do tempo em 2010, a ponto de me casar no começo do ano seguinte, agora no meio de 2012 não consigo me lembrar de muita coisa. Parece um período quase suspenso na minha vida.

Com exceção do momento em que me arranhou por causa da proposta de fisting, tenho impressão de que fomos felizes nos dez dias que passamos em Paris. Eu me lembro também dos tais materiais para colagem e das intermináveis roupas que minha ex-mulher me comprava. Havia um périplo pela casa dos amigos dela, que me idolatravam. E, como eu era vaidoso, isso me fazia bem. Mas não consigo me lembrar de muita coisa.

Enfim, no dia do casamento eu estava feliz. Dormi a noite anterior em um hotel e passei a manhã andando em uma livraria. Por algum motivo, não quis ler. Naquele momento, meu incômodo com a janela aberta tinha sido totalmente soterrado dentro de mim. Convenci-me de que o problema só podia ser meu, que precisava mesmo ser uma pessoa mais maleável e que, dados esses momentos todos de felicidade que agora não me voltam à memória, eu devia dizer *sim*.

*

*

Um mês antes do casamento, chamei dois amigos da época da faculdade para almoçar e dividi entre eles os livros que eu e minha ex-mulher tínhamos iguais. Também doei todos os meus eletrodomésticos. Como ela me dava roupas de presente o tempo inteiro, joguei fora quase todo o meu guarda-roupa antigo.

Da vida que tinha antes de me apaixonar por minha ex-mulher, sobraram-me apenas os livros que vieram para o galpão. Pensando friamente, agora que já tenho uma geladeira e comprei outros exemplares dos livros que dei para os meus amigos, não é difícil ver que ela foi aos poucos matando a pessoa que eu era antes de começarmos a namorar.

Nos meses seguintes ao divórcio, porém, incomodou-me bastante ter perdido a estabilidade. Sou disciplinado. Em momentos de crise, procuro um lugar muito silencioso e faço um plano. Não gosto, além disso, de bater boca. Prefiro simplesmente enfiar um soco na cara do meu agressor. Como escrevo todas as manhãs, preciso dormir em horários mais ou menos parecidos. Sempre que amei uma mulher, jamais descumpri qualquer acordo.

Descobri, acho que na São Silvestre mesmo, que sou um corredor de constância. Em um percurso plano, na subida ou nos trajetos variados, estabeleço um ritmo e continuo nele. Atualmente, com sete meses de treino, corri duas meias maratonas fazendo um quilômetro a cada cinco minutos. Nas provas de dez quilômetros, tiro trinta segundos desse ritmo.

Mas durante a São Silvestre, minha primeira corrida, senti uma alegria muito grande quando olhei o relógio e vi que estava fechando cada quilômetro em um ritmo que, se o mantivesse, me faria cruzar a linha de chegada em menos de uma hora e meia.

Vou retomar a vida que tinha antes de me casar e, sobretudo, de ler o diário que minha ex-mulher escrevia depois que eu pegava no sono. Já tenho todos os livros de volta. Termino essa corrida.

*

Aos poucos, percebi que o colapso emocional estava me causando problemas de memória. Preocupado, comecei a ir atrás de fotos, cadernos antigos e tudo que pudesse me ajudar a refazer algum momento da minha vida. Não encontrei muita dificuldade com as lembranças antigas. A questão é recordar o que vivi nos últimos anos.

Tenho certeza de que estive com minha ex-mulher em um jantar com alguns jornalistas importantes. O pretexto era receber um colunista reacionário que, por algum motivo, estava de passagem por São Paulo.

Estou em um ambiente esfumaçado e escuro. Na janela, um cara acende um cigarro atrás do outro e, nos intervalos, toma uísque. Lembro-me por exemplo de me espantar com a capacidade alcoólica do dono do jornal. Os outros chegavam e batiam continência. Não tenho a menor ideia do que comemos. A certa altura, formou-se uma única rodinha e apareceu, também não me lembro de onde, um cigarro enorme de maconha. Começaram a compartilhá-lo, algo que sempre achei muito desagradável.

Quando aquela baba toda chegou a mim, recusei. Nunca fumei nada. Prefiro cheiros de outra natureza. Para ser justo, devo dizer que minha ex-mulher também não quis. Ela faz o tipo "saudável". Não estou sendo irônico.

O colunista reacionário também não aceitou a maconha. O resto do batalhão inteiro fumou. Depois de algum tempo, o dono começou uma espécie de monólogo. Todos ficaram ouvindo-o em silêncio. De vez em quando, o colunista respondia a alguma pergunta. De novo, não me lembro exatamente do assunto. Sei que o monólogo começou com a ditadura militar brasileira, para o chefe muito pouco violenta. O colunista complementou dizendo que Salazar também não tinha sido exatamente aquele horror todo. Minha lembrança termina no segundo assunto: a reforma ortográfica da Língua Portuguesa.

O chefe confundia o tempo inteiro o trema com a crase. Ninguém o corrigiu.

*

Ainda assustado, depois que listei muitos momentos importantes da minha vida, resolvi fazer o mesmo com a minha família. Sem perceber, sentia uma necessidade muito grande de criar memória.

Logo, porém, vi que a tarefa seria gigante. O grupo familiar não é numeroso, mas três pessoas já exigiriam bastante trabalho. Atualmente, não tenho energia para fazer nada exaustivo. Só correr. Resolvi, então, procurar informações sobre o meu bisavô. Reuni fotos, chequei datas e conversei com meu avô e com uma tia-avó.

A partir da herança que financiou meu curto intercâmbio em Londres, fiz um percurso que começa no acúmulo de imóveis, possivelmente a partir dos anos 1960, e chega à crise de 1929. A empresa de transporte marítimo dele de repente não valia nada. Fui até Santos para ver se arranjava algum registro do que poderia ter sido feito com os navios, mas quando vi que, outra vez, teria que me esforçar muito, desisti. Para o romance *Divórcio*, então, meu bisavô afundou os maiores três cargueiros de sua empresa.

Como isso aconteceu?

De mãos atadas, o governo brasileiro ordenou que a marinha desse suporte às principais transportadoras que operavam no porto de Santos. Os navios do meu bisavô foram escoltados até alto-mar. Junto com três funcionários da empresa — que estariam desempregados assim que voltassem à praia —, os militares colocavam explosivos em diversos pontos dos cascos. Os cargueiros afundavam lentamente. O último deles levou seis horas para desaparecer. Da praia, não dava para ver nada disso. Meu bisavô sequer tentou. Ele preferiu ficar em casa e escreveu para alguns parentes que estavam no Líbano, contando o que pretendia fazer já no dia seguinte.

*

Com o que sobrou da liquidação da empresa de transportes, meu bisavô virou caixeiro-viajante. Tenho uma foto em que ele parte de carroça com um auxiliar, levando bastante mercadoria. De Santos, a família se mudou para o Paraná, onde o mercado era menos explorado. Por algum motivo, ele fotografou intensamente esse momento de sua vida. Pelas poses, fica fácil ver que meu bisavô era altivo e vaidoso.

As fotos contemplam vários momentos do cotidiano de um caixeiro-viajante. Há uma com ele saindo de casa e várias mostrando a carroça margeando um riacho. Gosto muito de uma em que meu bisavô está pegando água nas margens de um rio. Algumas fotos registram o momento da visita aos clientes. Tenho a fantasia de achar que nelas meu bisavô parece mais concentrado.

Só agora, escrevendo, dou-me conta de que o grupo tinha uma terceira pessoa: o autor das fotografias. Alguns lugares parecem ermos demais para que a dupla de viajantes encontrasse alguém e pedisse uma foto. Além disso, naquela época pouca gente estava acostumada a uma máquina. Adoro a ideia de que meu bisavô levasse consigo um fotógrafo profissional. A essa altura, verossimilhança não me interessa.

Depois de alguns anos, com o negócio crescendo, meu bisavô trouxe a família para São Paulo e abriu uma loja no Bom Retiro. Ele acompanhou a Segunda Guerra Mundial pelo rádio que deixava no escritório que montara na antessala. Até onde sei, a década de 1950 foi muito boa para ele. Com três lojas, resolveu investir o lucro em imóveis. Em quarenta anos, deve ter acumulado uns trezentos, que iam de pequenos apartamentos a duas construções bem grandes, alugadas para uma escola e um supermercado.

Meu bisavô morreu dormindo, aparentemente sem nenhuma preocupação. Cada um dos nove filhos deu um destino diferente para sua parte da herança. Nenhum deles, e muito menos os netos e os bisnetos, têm qualquer talento para o comércio.

Quilômetro nove
estou emocionado de novo

Dois dias antes de começar o curso de contos, quando eu já corria meia hora sem intervalos, anotei uma frase alarmante: estou com medo de esquecer demais. Depois, logo abaixo, há algumas informações autobiográficas, cuja ordem me parece agora aleatória. O medo de perder a memória continuou por bastante tempo.

A quarta frase da lista refere-se à minha ex-esposa. Nunca antes eu tinha feito sexo oral em uma mulher que não estabelece regras. Ela simplesmente o aceita. Apesar de ficar muito lubrificada, a vagina também não muda de tamanho ou de formato.

Com as costas retas, abre as pernas e aguarda. São necessários apenas alguns poucos minutos para ela repetir a mesma frase: estou sentindo você, vou gozar. Então, me pedia para colocar um dedo no pequeno ânus dela e, sem se contorcer, começava a me bater no rosto com a mão direita. Não sei o que fazia com a esquerda.

Durante a penetração, ela mudava. Nunca quis que eu lhe tocasse o ânus e jamais me batia. Arranhões, só mesmo daquela vez em Paris. Ela apenas mudava a frase e gritava algo que eu nunca tinha ouvido antes: vem comigo.

No começo, achei os tapas excessivos. Eu estava concentrado com a língua e, como não dizia nada além de pedir o dedo (sequer fazia algum gesto), eu precisava descobrir sozinho o caminho entre os lábios vaginais até o final. Os tapas nunca me machucaram.

Depois que tinha um orgasmo (ou dizia ter), minha ex-mulher me agarrava e ficava passando as palmas das mãos em todo o meu corpo, o que me proporcionava uma massagem esquisita, mas não desagradável. Uma única vez, resolveu por algum motivo se debater e me acertou algumas joelhadas. Precisei detê-la com muita força. Quando finalmente se acalmou, abraçou-me e começou a chorar. Naquela noite, não dormi direito e vi que ela passou alguns minutos, de madrugada, imitando gestos de natação.

*

Quando tinham um prazer muito intenso com o sexo oral, algumas mulheres que conheci acabavam dormindo agitadas.

Um dia, [X] resolveu passar a noite comigo depois de assistirmos a uma apresentação de *Porgy and Bess*. Não era o que tínhamos combinado, até porque o namoro acabara de começar. A gente só tinha trepado uma vez.

Ela veio para a cama depois de um banho muito longo. Percebi o que minha nova namorada queria. Cansaço é só para gente que gosta de ficar oito horas dentro de um museu gigante. Comecei passando de leve a língua por toda a extensão da vagina e na mesma hora ela se contorceu. Me segura com força. Então, enlacei as duas coxas dela com os braços, de forma que meus dedos ainda alcançassem a parte superior dos lábios vaginais, que estavam um pouco inchados e bastante vermelhos.

Forcei algumas vezes a língua no interior da vagina, mas percebi que ela se debatia mais quando eu me concentrava, lentamente e com alguma força, na parte superior. Minha língua, diversas vezes, encontrava-se com os meus dedos. Ela se contorceu muito até que, com as mãos, soltou meus braços. Minha boca estava úmida por causa do líquido vaginal e, com o rosto vermelho, ela lambeu meus lábios com alguma pressa. Depois, perguntou-me se eu me incomodaria de penetrá-la apenas de manhã. Se você quiser, posso chupar agora. Respondi que não fazia nenhuma questão e ela adormeceu respirando muito perto do meu rosto.

Não sei se a madrugada já tinha entrado quando ouvi um som estranho. Será que ela fala dormindo? Alta e muito elegante, estava tentando reproduzir alguns versos da ópera, curiosamente imitando os tenores.

Quando era penetrada, por outro lado, dormia bastante tranquila.

*

Na porta do Metropolitan, minha ex-mulher perguntou se eu não queria mesmo encarar aquela fila. Fiz uma piada, achando que iria diverti-la: não vou ficar quatro horas parado aqui só para ver uma estátua sem cabeça. Ela riu na minha frente, mas depois à noite escreveu que havia se casado com um autista. É curioso, mas eu realmente não tinha percebido nada. Na lua de mel em Nova York não faltou sexo.

Ontem, perguntaram-me por que estou escrevendo este livro. Talvez para deixar claro que estava tudo na minha frente. E eu não via. Ou para inventar que estava tudo na minha frente e eu não via.

Na verdade, provavelmente para mostrar para mim mesmo que consigo escrever um livro depois de ter morrido uma vez.

Quando chupa, descobri depois, a primeira garota que recebeu minha língua gosta de colocar o homem deitado e fica de quatro sobre as pernas dele, sem tirar a calcinha. Naquela primeira vez, porém, ela se sentou na beira da cama e levou minha cabeça, com as mãos no meu cabelo, até o meio das pernas. Inclinada, passou o tempo inteiro segurando o colchão, o que obviamente forçava bastante o abdômen. Naquele momento sequer tentei, mas descobri depois que ela não gostava que o dedo acompanhasse a língua. Não falava nada e ia me guiando apenas pela respiração.

Ao contrário de várias outras mulheres que chupei, não aceitava nenhuma pressão: eu devia tocar a vagina apenas com a ponta da língua. Se lamber cada vez mais rápido, ela vai gozar. Foi o que aconteceu. Ela agradeceu com um beijo no meu rosto. Vou tomar um banho sozinha, mas depois quero dar para você a noite inteira. Fiquei esperando.

Trocamos algumas mensagens pelo Facebook há um mês. Ela virou mística, mora na Índia e foi muito importante nos dias que se seguiram à minha primeira morte.

*

Quando fui chupar outra garota, aconteceu exatamente o contrário: ela me pediu para manter a língua sempre no mesmo ritmo, e ir gradativamente pressionando. Do mesmo jeito, queria que eu lambesse um pouco mais para baixo, bem perto do lugar da penetração. O dedo, no entanto, ela gostava apenas no ânus e, ainda assim, só um ou dois centímetros. A pontinha.

Intelectualizada, estava um ano na minha frente na faculdade, não queria namorar, mas por algum motivo pediu-me para ser fiel. Em troca, ofereceu-me o mesmo. Já apresentei essa personagem: é a mulher que hoje, dezessete anos depois, dá aulas nos Estados Unidos, casou-se com um americano e também me escreveu quando me vi morto.

Nosso relacionamento foi estável e rotineiro: uma maravilha. Tínhamos aula pela manhã, passávamos a tarde lendo, jantávamos alguma coisa e então saíamos para trepar. Eu a chupei em todas as mais de noventa noites em que ficamos juntos. No segundo encontro, ela me perguntou se eu gostaria de cheirar cocaína. Nunca fiz isso. Para meter, é bem gostoso.

Foi exatamente essa frase: para meter, é bem gostoso. Se eu conseguir refazer minha memória, terei certeza de que minha cabeça voltou ao normal. Vai ver que é por isso que estou escrevendo este livro. Para lembrar.

Mas algumas coisas eu não consigo.

Quatro meses depois, tive a overdose que já descrevi. Nós dois nunca mais cheiramos. Uma vez, ela me pediu para colocar cocaína no interior da vagina. Chegamos a misturá-la com um creme lubrificante barato que o motel oferecia. A camisinha ficou com uma textura estranha. Meu pau estava muito duro, mas não tive coragem de penetrá-la. Ela ficou irritada e ameaçou ir embora. Como vou sair daqui? Então você vai me chupar por uma hora.

Acabei com o maxilar anestesiado. Ela não me deixou penetrá-la e tive que me masturbar. Nessa noite, acho que cheiramos cada um duas carreiras. Na hora de ir embora, trocamos um longo abraço. Ela começou a chorar e disse que nunca ia me esquecer. Acreditei e agora, concluindo esse fragmento, estou emocionado. Era verdade.

*

Acho que a única coisa que combinamos e não cumprimos foi a data em que iríamos desfazer o relacionamento. Minha mãe tinha recebido outra parte da herança do bisavô e, como da primeira vez, dividiu metade entre os filhos. Contei para ela enquanto jantávamos na universidade. Não quero guardar dinheiro, mas também não estou a fim de viajar agora.

Antes de voltar para a república em que eu estava morando, fomos a uma livraria. No caixa, ela me olhou com a mesma expressão séria que fazia para comentar os dois autores que pretendia estudar no mestrado. Tive uma ideia: a gente pega esse dinheiro e você paga os quartos mais caros de todos os motéis que a gente for. O pó fica por minha conta.

Aceitei rindo. Por causa disso, conheço as suítes ultra plus master presidential king royal dos motéis de Campinas. Quando o dinheiro acabou, continuamos nos encontrando. Talvez percebendo algo estranho no meu comportamento, um colega do curso de letras me chamou para almoçar e perguntou sem muito rodeio: você está cheirando com a [X]? Lísias, ela é legal, mas é muito louca.

Também consigo lembrar exatamente essa frase, embora na imaginação não me volte o rosto dele me avisando: Lísias, ela é legal, mas é muito louca. Será que vocês não estão saindo dos limites? Depois que o susto da overdose passou, Renato ficou dois anos me chamando por um apelido que detesto: Ricardinho do pó.

De jeito nenhum.

Talvez eu nunca tenha ido tão longe na vida quanto durante essa expedição às suítes caras dos motéis de Campinas. Deve ser isso que estou tentando com este livro. Ir além.

*

O Renato tinha razão: antes da overdose, perdemos o controle. Depois do jantar, quando o clima na Unicamp fica mais fresco e agradável, começamos a ir a um gramado ao lado do Instituto de Economia. Cheirávamos uma carreira cada um e depois passávamos o resto do tempo fazendo sexo oral ao ar livre. Talvez, inclusive, lutando para sermos vistos. Nunca aconteceu, eu acho.

Uma vez, sentei na ponta de um banco de cimento e ela se equilibrou na borda, colocando os pés ao lado das minhas coxas. Cruzei as mãos sobre a bunda dela, de modo que minha palma direita ficasse sobre a nádega esquerda. Bem aberta, a vagina encaixou-se à minha boca e pude penetrá-la com a língua várias vezes. Com um movimento leve, ela erguia e depois abaixava o quadril. A mulher gozou tanto que, forçando a memória, chego a desconfiar que engoli boa parte do líquido que escorria pelo contorno da vagina.

Na noite anterior à overdose, fomos à Lagoa do Taquaral, um conhecido ponto de encontro de homossexuais. Dessa vez, ela não quis que eu a chupasse, embora tenha erguido a minissaia para mostrar a calcinha nova. Depois, abaixou minha cueca e riu do meu pau já inteiramente duro. Eu gosto mesmo é da sua carinha de fofo, Ricardo. Essa frase também consigo lembrar.

Estou emocionado de novo.

Ela então colocou um pequeno montinho de cocaína na cabeça do meu pau e aspirou pela narina esquerda, fechando a direita com o dedão. Não transamos: um pouco depois da minha vez de cheirar (sintomaticamente meu nariz iria sangrar duas horas depois), ouvimos um gemido à nossa esquerda e resolvemos, sem nos preocupar com o barulho, aproximar-nos mais.

Um rapaz estava sendo penetrado a uns três metros da pista de corrida. O rosto demonstrava muito prazer. O imenso pau dele estava duro e balançava, enquanto com uma das mãos ele apertava um pedaço de pano. Acho que era uma camiseta. Com a outra mão, masturbava-se às vezes. Quando parava, puxava para junto de si o parceiro, que já estava bem colado às suas costas. Minha amiga disse que estava ficando com tesão só de olhar. Você já teve vontade de dar a bunda, Ricardo?

Antes que eu respondesse, ela deu um grito: o cara que fazia o papel de ativo era um professor da Faculdade de Letras da Unicamp, que já tinha dado aula para nós dois. A esposa dele estava, naquele semestre mesmo, dando um curso para a [X].

*

Depois da overdose e do rompimento, demorei para me relacionar de novo. Comecei a fazer terapia e a ler os livros de Freud. Acho que fui me tornando uma pessoa fechada. Leio muito desde a infância, mas deve ter sido nesse momento que me interessei por escrever. Comecei fazendo pequenos perfis de personagens em um caderno barato. Aliás, compro essas brochuras até hoje.

Eu gostava de recortar fotos aleatórias de um jornal ou de uma revista e, a partir delas, estabelecer as características e o comportamento das pessoas. Para algumas, precisava de vários dias e diversas tentativas até me satisfazer com o resultado. Depois, comecei exercícios de redação imaginando como aquelas personagens poderiam se encontrar. Lembro-me de preferir situações inusitadas. Algumas eram francamente inverossímeis.

A partir de determinado momento, tudo o que fazia era ir à faculdade, ler e me debruçar sobre esses cadernos. Em poucos meses, tinha preenchido mais de dez. Também comecei a imaginar lugares. Quando não conseguia recortar uma imagem onde duas personagens pudessem muito bem ter se conhecido, desenhava mapas e fazia longas descrições urbanísticas. Nesses casos, porém, minhas cidades eram todas muito realistas.

Dois amigos notaram a mudança evidente no meu comportamento e, preocupados, perguntaram-me o que estava acontecendo. Não, não uso mais nenhum tipo de droga. Nem foi tanto assim. Dei azar, só isso. Contei dos cadernos que estava fazendo e eles pediram para vê-los. É engraçado, Fabio comentou a certa altura, nenhuma personagem se parece com você. Eu não tinha notado, mas era verdade. Essas coisas estão fazendo você se sentir melhor?, Renato quis saber.

*

Quando as aulas acabaram, resolvi me trancar em casa. Comprei alguns cadernos, separei um monte de revistas para cortar e fiz uma pilha de livros. Eu só sairia para comer. No começo, foi legal. Depois de três dias, porém, minhas duas mãos começaram a coçar.

Em vinte e quatro horas, a região entre os dedos encheu-se de bolhas de água. Mais um pouco, a palma esquerda estava tomada e a direita, semicoberta. A insuportável coceira ameaçava subir pelo braço. As bolhas tinham tamanho variável e, quando se uniam, formavam uma espécie de pequenino montículo com um líquido dentro.

Uma semana depois, eu não conseguia parar de me coçar. Esfregar as mãos uma na outra aliviava um pouco. Então, fiz uma descoberta surpreendente: se deixasse a região das bolhas sobre uma panela de água fervendo, um estranho calafrio percorria meu corpo até o calor ficar insuportável e um forte tesão me invadir. Tive ereções contínuas fazendo isso, mas não consegui ejacular nenhuma vez.

Como tinha ficado completamente sozinho, passei alguns dias repetindo esse ritual estranho. Mas ele também não me acalmava: por causa das bolhas, não conseguia escrever, o que acabava me deixando ainda mais irritado. Eu ainda não escrevia todas as manhãs, como comecei a fazer alguns anos depois, mas a primeira crise das bolhas me mostrou que a redação já estava desempenhando um papel importante no meu equilíbrio.

Assim que as bolhas diminuíram, uns quatro dias depois, contei minhas economias e comprei um pacote de viagem ao México. Fiquei dez dias fora. Tive essa mesma crise dermatológica, sem qualquer variação, muitos anos depois quando voltei a jogar xadrez e estava participando de um torneio importante, e alguns dias antes de embarcar para Paris com a minha ex-mulher. Nas semanas seguintes ao divórcio, fiquei esperando as bolhas aparecerem nas minhas mãos, mas elas não vieram.

*

Eu estava bem melhor no dia do embarque para o México. As bolhas tinham desaparecido e a pele das mãos descamava. No avião mesmo, usando uma das várias brochuras que estava levando, fiz um longo planejamento para um romance. Comecei de uma figura que havia recortado de uma revista, cujo perfil psicológico me custara vários dias de trabalho: um padre gordo preocupado com meninos de rua.

Acho que andei bastante pela capital mexicana, mas não me lembro de praticamente nada. Minha cabeça acabou se concentrando no livro que iria escrever. Também comprei algumas revistas, mas não achei nada de interessante para recortar. Simplesmente esqueci a ideia de visitar Tijuana.

Quando voltei, tinha vários cadernos preenchidos e, inclusive, o esboço de alguns capítulos do livro. A forma do romance estava inteiramente definida. Passei um ano e meio escrevendo e reescrevendo o texto. Embora ainda não conseguisse ter um relacionamento estável, voltei a me sentir bem. Um amigo encontrou o manuscrito final sobre a minha mesa da república e, enquanto eu estava fora, leu o texto inteiro. Manda para alguma editora.

Peguei o endereço da editora no livro que estava lendo na época (*É isto um homem?*, de Primo Levi) e coloquei uma cópia no correio. Um ano depois, *Cobertor de estrelas*, meu primeiro romance, foi publicado. Fiquei bastante feliz no dia do lançamento. Também estava namorando.

*

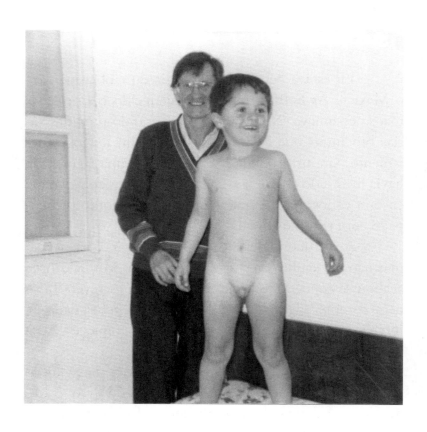

Quilômetro dez
ninguém está do seu lado

Passei quatro meses sem voltar à estação de metrô em que tive um colapso. Eu evitava a região, mas quando não tinha jeito descia antes e completava o caminho andando. No primeiro dia de aula do curso sobre contos do século XX, preferi não arriscar: saí logo cedo de casa e fui caminhando os dez quilômetros que separam o cafofo do centro cultural que tinha me contratado.

Eu continuava fazendo listas para ter certeza de que minha cabeça estava mais ou menos ordenada: tomar café, andar um pouco, comprar uma água, caminhar agora repassando "Os mortos" de James Joyce na cabeça, descansar me hidratando, conferir o horário e acertar o passo para chegar em cima da hora.

Mesmo já tendo visto algumas pessoas, ido a festas e enfrentado os alunos da faculdade, sempre mais difíceis que os dos cursos livres, eu ainda não tinha me acostumado à vida social. Quando fui comprar água, por exemplo, tive certeza de que o cara do balcão sabia que minha ex-mulher tinha escrito na lua de mel um diário dizendo que sou *um menino bobo*.

Além disso, meu corpo continuava quase sem pele. O calor o deixava muito quente e o suor me fazia lacrimejar. Como não sabia que tipo de gente formaria minha plateia, estava me sentindo ameaçado. Parei para tomar água mais vezes que o planejado. Entre os frequentadores do curso, descobri depois que estavam alguns jovens editores, o antigo cozinheiro de David Bowie, vários entusiastas de literatura e três jornalistas.

Não consegui olhar para o rosto de ninguém. Se não fosse o papel com tudo o que eu deveria falar, a aula teria durado cinco minutos. Na minha frente, um casal carregava um exemplar envelhecido de *Infinite Jest*, de David Foster Wallace. Eu ainda precisava terminar meu romance sobre o suicídio do André.

Lá da porta, o cozinheiro acenou antes de sair. Se demorar para guardar minhas coisas, ninguém vem falar comigo. Preciso virar de costas. Vou folhear minha edição de *Dublinenses* antes de jogá-la na mochila. Acho que agora a sala está vazia. A aula foi péssima. Na semana que vem, explico o que está acontecendo.

*

Mesmo tendo saído insatisfeito, a aula deve ter me dado alguma força: nos dias seguintes terminei o conto "Divórcio". Como já estava conseguindo dormir um pouco mais, adiantei o horário da redação. Primeiro, deixava minha mochila na padaria e corria mais ou menos quarenta minutos. Então, enxugava-me com uma pequena toalha, bebia um pouco de água e ia até uma mesa afastada redigir um trecho.

De vez em quando a Ramona aparecia, trazia uma xícara de café com leite e ficava me perguntando se a vida dela não daria um livro. Quando o movimento estava fraco, a moça do balcão insistia para eu escrever mesmo alguma coisa sobre o travesti mais simpático da avenida Indianópolis.

Em uma ocasião, revelei para as duas o meu grande medo: não sei se consigo mais escrever depois de ter lido o diário da minha ex-mulher. Você estava muito apaixonado? Bom, eu não casaria. Você parece muito melhor. Não estou.

Qualquer coisa me feria muito. Eu já conseguia dormir, mas não o suficiente. E o sono permanecia muito agitado. Agora, a falta de ar tinha sido substituída por uma vontade constante de chorar. Sem muito controle, também, eu era muitas vezes tomado por uma enorme raiva.

Não me lembro de como digitei o conto. Até hoje, escrevi todos os meus textos do mesmo jeito: primeiro à mão, depois passo para o computador, imprimo e vejo se há algo aproveitável, reviso tudo e reescrevo muitas partes. Por fim, leio em voz alta e faço uma revisão mais vagarosa. Pela primeira vez, tinha escrito algo fora de casa. O resto do processo de redação do conto "Divórcio" é um mistério para mim.

Para fazer esse fragmento, revirei o cafofo, mas não achei o manuscrito nem as folhas de revisão. Lembro-me de terminar a última leitura achando o texto ruim. Mesmo assim mandei o arquivo para o meu editor. Será que alguma coisa se salva?

*

Meu editor respondeu que eu devia publicar o texto. Como não me sentia capaz de fazer uma última revisão, resolvi me esquecer dele por duas semanas. No dia seguinte, porém, alguma coisa nova tomou conta do meu corpo. Logo que venci as seis horas habituais de sono, uma energia estranha me obrigou a escrever.

Pela primeira vez desde que tinha saído de casa, dois meses antes, eu me sentia forte. Meu editor é certeiro, mas econômico nos elogios. No entanto, bastou tê-lo ouvido dizer que "o conto vale a pena" para que eu comprasse outro pacote de folhas pautadas de papel almaço.

Em duas horas, redigi sem muita ordem uma espécie de perfil dos homens que procuram os travestis. A Ramona tinha me passado algumas informações enquanto se esquentava tomando café com leite. Casais são raros, mas aparecem. Só uma vez comi o marido enquanto a mulher olhava.

Existem os cinquentões que acabaram de ser traídos pelas esposas. Ficam três ou quatro dias rondando a pé. A maioria some, mas uns poucos tomam coragem e aparecem de carro. Normalmente querem ser o ativo e se recusam até a olhar para o meu pau. Repetem sem parar que são machos. A gente tem um nome específico para esse tipo de bicha: mariconete.

Tenho dois clientes publicitários. Nem sei se um conhece o outro, mas fazem sempre a mesma coisa: deixam as esposas no Shopping Morumbi, me colocam no carro e vamos até um drive-in aqui do lado. Como morrem de medo de sujar o banco, saem, ficam estendidos na parede e gritam feito loucos enquanto são enrabados. Um deles adora vestir minha calcinha. Uma vez esse idiota me colocou no carro e arrancou tão desesperado que quase derrubou a mureta de um consultório aqui do lado.

Antes, eu atendia algumas bichonas no meu carro mesmo. A gente ia para uma rua mais escura, passava para o banco de trás e fodia. Só que a polícia começou a aparecer. Quando não estouravam o vidro para exigir dinheiro do cliente, esperavam o coitado sair todo arrombado. E ele ainda tinha que deixar mais uma grana com os guardas. Uma vez um não tinha nada e, quando os policiais ameaçaram levar a bicha para a delegacia e telefonar para a casa dela, a coitada começou a chorar e preencheu um cheque. Antes, tinha mais violência. Mas agora essa coisa da polícia ficar rondando para extorquir acabou espantando os filhos da puta.

É aquilo: uma mão lava a outra.

*

Atravessei as três primeiras aulas do curso de contos me animando. Eu tinha decidido que não adiantaria fingir. Admiti para os alunos meu mal-estar emocional. Tenho medo de minha cabeça ter se desorganizado naquele dia no metrô.

A aula sobre "El perseguidor", de Julio Cortázar, foi epifânica. Para escrever esse fragmento, consegui que um aluno me mandasse os apontamentos que fizera naquele dia.

Comecei falando da noção de ética que pode ser notada nos pontos altos da obra de Julio Cortázar. Passei por "Las babas del diablo" para chegar a *Rayuela*. Fiz as análises me baseando apenas na lembrança. Em algum momento, não sei por que, citei *Los rios profundos*, de José Maria Arguedas.

A imagem acabou de aparecer na minha cabeça: os alunos estão com os olhos arregalados. Um deles segura com força a lateral da cadeira. O chef de cozinha estica o pescoço. A sala está lotada. De repente, depois de citar um conto de Onetti, falo finalmente para os trinta alunos: não sei como estou aqui, pois não tenho certeza de estar vivo; dois meses atrás enxerguei nitidamente meu corpo morto. Depois de quatro meses de casamento, minha ex-mulher me deixou um diário me chamando de.

Não lembro o adjetivo que escolhi. Os alunos continuam imóveis. Agora, porém, percebo que aquele é um momento bom da minha vida. Por fim, um jovem estudante de letras diz algo: "É isso que o Brasil faz com seus". Também não consigo recordar a palavra. Há duas meninas lacrimejando na minha frente. A frase do rapaz me causa um calafrio.

Saí sozinho. Eu me sentia bem. Meu corpo parecia dentro de uma cachoeira. Continuava sem pele, mas a força da água não me fazia curvar. Depois, senti um ímpeto para caminhar por horas. Não corri. Demorou bastante tempo, ainda, para que meu coração desacelerasse. Fiquei com vontade de rir e depois de chorar. Vou melhorar graças a um conto de Julio Cortázar e um estudante de letras.

*

Não me lembro de nada do que aconteceu na semana seguinte. Não tenho nenhum apontamento e, muito menos, e-mails salvos na caixa de "enviados". Presumo, porém, que tenha revisado o conto "Divórcio". Também fui atrás do contato do editor da revista *piauí*. Não sei como o obtive, mas dez dias depois da aula sobre a ética na obra de Julio Cortázar, submeti o conto à publicação.

Ele logo foi aceito. Outra vez, uma força estranha me invadiu. Não aguentei ficar parado e saí para correr. Consegui um treino de uma hora cravada. Esse vai ser o meu tempo mínimo de agora em diante. Enquanto corria, repeti muitas vezes uma frase piegas. Não tenho coragem de escrevê-la aqui. Talvez eu mude de ideia na revisão.

Em um domingo, resolvi correr no principal parque de São Paulo. Depois de uma hora eu ainda não tinha eliminado a excitação do meu corpo. Continuei caminhando. Então, um jornalista que vi em uma festa de casamento (se não me engano um produtor de TV) colocou-se ao meu lado. Você não é o ex-marido da [X]?

Olha, você não devia ter lido o diário dela, quanto mais xerocado. A gente precisa de um meio de vazão para nossos conflitos. Ela foi muito corajosa e contou para todo mundo o que escreveu: algumas críticas a certos colegas e o fato de que o casamento de vocês não era o que ela imaginava. O que isso tem de mais? E outra coisa que eu vou te avisar: a imprensa inteira está sabendo que você extorquiu cem mil reais dela. Toma cuidado, senão você vai se foder. Jornalistas sabem de muita coisa.

Depois, acelerou e desapareceu na pista.

*

Não fiquei nervoso. Lembrei-me do Central Park, em Nova York. O valente jornalista deve gostar das minisséries americanas, pois essa cena sempre aparece. Uma pessoa correndo no parque, a outra vem ao lado, fala alguma coisa e depois acelera.

O clichê me deu vontade de rir. A Notre Dame é um patrimônio histórico da humanidade. De volta ao cafofo, sentia-me bem melhor. No banho depois do treino, percebi que minha pele não havia voltado, mas meu corpo desenvolvera algum tipo de proteção. O cabelo continuava dando a impressão de estar repuxado, o que me causava constantes dores de cabeça. Senti porém uma espécie de membrana muito fina me recobrindo. De repente, notei que estava tendo uma ereção. Ela não me excitava, mas trazia um estranho alívio.

Comecei a intuir o que aconteceria nas próximas semanas: a confirmação de que existe um estrato social no Brasil, amplo e enraizado em espaços que vão do jornalismo ao direito, passando por setores da produção cultural, que referenda o antigo diagnóstico de sermos um país de gente corrupta, mentirosa, covarde e hipócrita. Aqui, o sexo é a moeda de troca mais comum. Não é à toa que os estrangeiros nos enxergam como um país lúbrico e burro.

Enxuguei-me com cuidado, para não machucar a película que estava nascendo, e depois esquematizei outro conto sobre o meu primeiro casamento.

*

A sutil membrana que apareceu para substituir a minha pele me acalmou. Esse não era o único indício de que talvez eu conseguisse colocar minha vida nos eixos: esquematizei o conto a que me referi no fragmento anterior sem muita dificuldade e consegui estabelecer uma rotina para redigi-lo. Todo dia depois de acordar, passaria ao menos duas horas cuidando do texto. Voltei a escrever de manhã, com absoluto silêncio ao redor. Minha concentração estava retornando. Mesmo assim, a cena do jornalista ao meu lado no parque voltava. A Notre Dame é um patrimônio histórico da humanidade.

Resolvi colocar essa frase no conto para ver se me livrava dela.

Meu pau também voltou a endurecer com certa regularidade. Todas as manhãs, ao acordar, eu o tocava. Mesmo assim, ainda não tinha coragem para tentar ejacular. Comecei a pensar se o ideal era a masturbação ou talvez uma prostituta. Nunca paguei por sexo, mas, como cortejar uma mulher me parecia fora de questão, talvez não fosse ruim.

Esses pequenos sinais de recuperação, paradoxalmente, acabaram acentuando outro sentimento: eu precisava ter sofrido tantas perdas? Não falo apenas do apartamento que tinha antes de casar, embora essa lembrança sempre me irritasse. Aqui no cafofo não posso fazer comida, um aparelho de TV não cabe e não tenho onde colocar uma máquina de lavar roupa.

Comecei a sentir saudades de duas pessoas que tinha conhecido através da minha ex-mulher. Não sei por que, desenvolvi algum afeto por ambas. A primeira é um jornalista um pouco mais velho que eu. O cara tinha acabado de assumir um cargo elevado no jornal e minha ex-mulher, detalhe que só fui perceber depois, estava se aproximando da esposa dele. Ele de fato tentou me agradar e chegou a manifestar algum interesse pelo xadrez. Hoje, tudo o que eu queria era que tivéssemos jogado uma partida. Teria sido ótimo massacrá-lo.

A outra é uma senhora elegante, casada com uma figura da elite cultural e econômica de São Paulo. Ela foi a pessoa que mais me pareceu sincera nos votos de felicidade. Agora, porém, os sinais de que é apenas outra das tantas dondocas paulistanas são claros: é o tipo de pessoa que sabe indicar um restaurante bom em Nova York e outro também aconchegante em Paris. Inclusive, é muito gentil e sempre nos lembra que o Musée d'Orsay não está abrindo às terças. Ou às segundas, sei lá. Não vou conferir essa bosta.

De um jeito ou de outro, estava com saudades deles e escrevi um e-mail dizendo que, apesar do divórcio, queria revê-los porque tinha gostado de conhecê-los. Os dois responderam rapidamente a mesma coisa: claro que sim, vamos marcar um café quando você quiser.

*

O chefe da redação escreveu que precisava se livrar de um fechamento, mas em dois dias teria um tempinho livre. Quem sabe a gente não toma um café da manhã perto do jornal? No fim, desejou boa sorte. A dondoca simpática começou a resposta de um jeito maternal: Ricardo, às vezes a vida nos causa muito sofrimento. Depois, enfatizou que, por pior que tudo esteja, as coisas vão passar. Ela realmente falou isso: o seu sofrimento vai passar.

E a Notre Dame é um patrimônio histórico da humanidade.

Então, como não poderia ser diferente, sugeriu que nos encontrássemos em um café elegante que fica bem perto do museu que o marido dirige. Aceitei e perguntei a hora. Fiquei em frente ao computador esperando a resposta, já que a mulher parecia estar on-line, mas ela não retornou.

Por volta de duas horas depois, minha ex-mulher me enviou um e-mail, outro aberto no Hotmail para não usar a conta da revista de creminho caro. Era o segundo que ela criava apenas para me mandar uma mensagem: Ricardo, só para você saber que os dois me contaram que você procurou eles (sic). Então saiba de algo: contei tudo para eles. Ninguém no mundo está ao seu lado. Coloque de uma vez por todas na sua cabeça dura: você perdeu tudo, tudo mesmo que eu te ofereci. Fique aí na sua casa de fundos e não procure mais ninguém. Vou repetir: ninguém está do seu lado.

Ricardo, coloque de uma vez por todas algo na sua cabeça dura: a Notre Dame é um patrimônio histórico da humanidade.

O contentamento que senti com a resposta dos dois foi na mesma hora substituído pela raiva. Saí mais cedo para correr e consegui dez minutos a mais do que os sessenta que vinha fazendo. Na volta do treino, comecei a rir: claro que os dois não vão deixar de me responder por causa dela. Eles pareciam sinceramente felizes com a minha amizade.

*

Passei a manhã seguinte aguardando para marcarmos o café, mas ninguém fez contato. Tentei dormir um pouco. Logo minha cabeça começou a pesar. Então, levantei com raiva e fui até o computador agredir os dois filhos da puta. Mas não mandei nenhum dos vários e-mails que escrevi: a raiva, um pouco depois que me sentei, foi substituída por uma esperança ingênua. Eles vão me escrever sim, é só esperar.

A alternância brusca de sentimentos me desestruturou. Peguei uma folha e, atrás de algum conforto, listei o que poderia fazer naquela tarde. Organizar cronologicamente as fotos do meu bisavô, por exemplo. Ou começar a fazer um álbum novo, agora com as do meu avô. Os dois se parecem muito. Mas só o mais velho olha continuamente para o alto.

Comecei a reorganização, mas achei que meu bisavô pudesse ter vergonha de mim. Ele tem o olhar altivo e eu, agora, devo estar muito frágil. O velho não aceitou ficar de quarentena em Ellis Island e então resolveu vir para o Brasil. Na lua de mel em Nova York, fui até o Museu da Imigração Norte-Americana. Vários libaneses passaram por lá. Nenhum se parecia com ele. Agora, estou com raiva de sentir vergonha.

Um ótimo crítico apontaria como um possível problema do meu romance *O céu dos suicidas*, em texto generosamente elogioso, a brusca variação da sensação de raiva para a de alegria. Mas é assim mesmo que acontece. Ele nunca viveu um trauma. Outra vez, comecei a achar que estava dentro de um livro meu. Será que escrevi essa merda toda e jamais conheci minha ex-mulher? Esse diário nunca existiu. No Google, porém, Lars von Trier continua *persona non grata*.

Está escurecendo. Se eu ficar aqui sozinho vai ser pior. Saí para treinar e depois encontrar alguém na padaria. No meu rosto, a membrana que substituíra minha pele continua firme. Mas estou com medo.

*

Não encontrei a Ramona nem na padaria e muito menos entre os travestis. Cruzei todas as ruas duas vezes. Será que ela saiu com alguém? Senti uma ponta de ciúmes. Na padaria, minha amiga do balcão também não estava. Como ainda não era tarde, parei sem muito motivo em um ponto de ônibus. Em meia hora, não vi nenhum rosto conhecido. Mas sou novo no bairro.

O medo da solidão faz as pessoas andarem mais devagar. Comecei a reparar no rosto de todos os caras da minha idade. Um estava bastante cansado, o outro, mais alegre, com certeza ia a um encontro. Fiquei esperando que alguém viesse falar comigo. De repente, lembrei-me daquele dia no metrô: 6 de agosto de 2011.

Senti um leve tremor. Coloquei as palmas das mãos sobre os joelhos. A película está aqui. Olhei ao redor. Dessa vez o mundo não tinha escurecido. Quando saí de casa, achei que a solidão fosse bem melhor que a companhia de gente como minha ex-mulher. Ela tem no mínimo duas caras. Uma é sorridente e agradável. Esse aqui é o meu marido escritor. Na outra, a maior jornalista de cultura do Brasil julga as pessoas e coloca seus métodos de trabalho em prática.

Foi o que eu disse no primeiro conto que escrevi sobre tudo isso. Aceito a solidão, mas não vou dormir com uma pessoa tão cruel. Mas agora tenho medo. No caminho de volta, lembrei-me dos meus alunos. Um professor nunca está sozinho. Resolvi dar um presente para eles.

No cafofo, reescrevi o início do meu segundo conto sobre amor, crueldade e separação. Quando fui digitá-lo, reli o e-mail da minha ex-mulher. Ninguém está do seu lado. Ela quer que eu fique sozinho. Tenho vergonha de revelar agora, mas me senti um pobre coitado. Quando as pessoas souberem quem de fato é essa mulher, vão no mínimo querer cuidar de mim. Para isso, planejei colocar entre os parágrafos do novo conto trechos refeitos (mas com o mesmo sentido) do diário. Amigos de verdade cuidam uns dos outros: sinto amor pelas minhas amizades. "Meus três Marcelos", então, virou um texto sobre isso. Dormi bem.

*

*

Quando faltavam duas semanas para terminar o curso de contos e "Meus três Marcelos" já estava na metade, finalmente o primeiro texto que escrevi sobre tudo isso, "Divórcio", foi publicado. Lendo agora, acho que posso dizer que o tema é o desespero e a sensação de desproteção e violência que senti quando descobri o que minha ex-mulher tinha feito nos quatro primeiros meses do nosso casamento.

O texto repercutiu. Os elogios me ajudaram a retomar certa confiança. Mais forte, joguei fora o que tinha escrito de "Meus três Marcelos" e comecei uma segunda versão. Refiz duas vezes os planos e cheguei a procurar três imagens que poderiam inspirar um trecho. Também escrevi para um amigo perguntando alguns detalhes sobre a overdose.

Naquela mesma tarde, avistei em uma livraria um jornalista que, segundo a rede que acabava fazendo todas as fofocas chegarem a mim, era um dos mais animados para espalhar que a colega tinha se casado com um escritor chantagista e inescrupuloso. Ricardo Lísias é um filho da puta. Resolvi ficar de longe, mas ele mesmo tomou a iniciativa de se aproximar e, todo simpático, cumprimentou-me pelo texto que, aliás, tinha acabado de ler. Não sabia que você conhece o editor da *piauí*. Não conheço, mandei o conto por e-mail.

Depois, fui jantar com um antigo amigo que estava em São Paulo visitando alguns arquivos para o doutorado. Pessoas que passam a vida fazendo sempre a mesma pesquisa me deixam intrigado. Ele outra vez elogiou o conto, mas me perguntou se eu não estava me expondo muito. Essa é uma afirmação que ouço até hoje. Faz um ano que saí de casa.

Confesso que, logo que li o diário, tive o enorme impulso de mostrar para todo mundo quem de fato é minha ex-mulher. Vejam que moça mais legal. No entanto, logo depois eu me vi morto. Toda a minha energia então ficou voltada para me resgatar do que me parecia ser a antessala de um necrotério. A conclusão é obrigatória: a literatura é agora parte vital não apenas da minha vida simbólica, mas até do meu corpo.

Quilômetro onze
estamos te monitorando

Não recebi nenhuma resposta para os dois convites do capítulo anterior. Incomodado, escrevi outro e-mail, dizendo que tudo o que queria era revê-los. Não pretendo falar mal de ninguém. Estou apenas tentando refazer a minha vida. Quero evitar mais perdas. Aguardei dois dias e, outra vez, não tive resposta. Então, mandei um terceiro e-mail:

Meu caro [X], antes de tudo, quero deixar claro que não tenho dúvidas de que o dono do seu jornal acertou em cheio ao te colocar como o número dois da secretaria de redação. Você é falso como todo jornalista que quer um cargo de comando. Não se ofenda, meu amigo, mas o número um você nunca vai ser: você é grosseiro! Para ser o executivo principal, é preciso ter a cara ensaboada, boas maneiras e saber um pouco de inglês. A propósito, como vão suas aulinhas? Vou te dar uma dica: pare imediatamente de usar essa caneta Bic no bolso da camisa. O pessoal da redação ri disso. Olha, não se magoe, mas você tem um apelido no jornal. É Fiat Lux: curto, acende rápido e apaga rápido. Estou sendo sincero. Enquanto eu servia para as suas relações, você me puxava o saco, chamava para jantar e dizia que meus textos eram isso e aquilo. Agora você foge. Fiat Lux, não vá ficar aborrecido com esse e-mail. Não fique assustado nem com raiva de mim. Não quero cruzar com a sua cara de porquinho-da-índia nunca mais. Receba o meu mais caloroso abraço, Ricardo Lísias.

*

Minha querida [X], mandei alguns e-mails convidando a senhora para um café. Acho que a senhora está muito ocupada. Antes de mais nada, não vou chamar a senhora de você, como a senhora pediu quando nos conhecemos naquele jantar em que a senhora e o senhor seu marido foram tão agradáveis comigo, porque, lamento dizer, mas a senhora é uma senhora mesmo. Sempre tão fina. Olha, infelizmente não fomos àquele restaurante maravilhoso que a senhora indicou em Nova York porque, a senhora sabe, eu não tinha dinheiro. Para ser sincero, acho essa história de restaurantezinho maravilhoso aqui, bistrozinho elegante ali, uma bela frivolidade. Uma bosta. Desculpe dizer para a senhora, mas me parece claro agora que essa sua elegância é falsa: é tudo muito fútil. Olha, manda um abraço para o senhor seu marido, que já trabalhou para políticos reacionários. Sem dizer que ele simplesmente se apoia no sobrenome. Mais um nesse país de filhos e netos de alguém... A senhora já deve ter percebido que não estou nem aí. Olha, quando resolveu me ameaçar, minha ex-mulher me escreveu lembrando como o seu marido conhece gente importante. Poxa vida, vocês andam com um pessoal poderoso! Que medo, minha nossa. E para que a senhora fica com esse negócio de trabalhar? Que bonito! A senhora chega no escritório às três da tarde, faz uns contatos e sai às cinco. Um escritório de assessoria de imprensa é coisa de gente que conhece todo mundo, não é verdade? A senhora sabe que essa ameaça eu recebi também: olha, conhecemos todo mundo, conhecemos todo mundo! Ah, não me deixe esquecer: eu soube que minha ex-mulher, que entende tudo de artes plásticas, escreveu outro dia no jornal uma propaganda de uma exposição que o senhor seu marido montou. A amizade continua forte! Então fique com ela, velhota elegante, se cruzar comigo na rua vá para o outro lado (que com certeza vai ser mais chique) e se mantenha na vidinha de café com gente poderosa. Um grande beijo, Ricardo Lísias.

*

Fiat Lux nunca me respondeu. A senhora elegante enviou-me, no dia seguinte pela manhã, o e-mail abaixo:

Não vou responder suas provocações. Você não está bem porque não consegue elaborar o que aconteceu. Senti uma simpatia verdadeira por você e por isso vou te ajudar. Se você entender o que vou escrever, quem sabe consiga, quando superar, ter de novo um relacionamento saudável com uma mulher. Você precisa entender o nosso funcionamento. As mulheres são, acima de tudo, reprodutoras. Nascemos para proteger nossas crias. Os homens são fornecedores. Aí é que está o seu problema: sua ex-mulher me contou que você não tem nenhum tipo de ganância. Você trabalha apenas o que precisa para ganhar o mínimo. Depois, vai se dedicar a ler e escrever. É muito bonito, mas péssimo para uma mulher. Queremos homens que nos deem segurança financeira. Por isso, o adultério: as mulheres tendem a procurar o que mais lhes traga segurança. No início de um relacionamento, a segurança é pouca. As coisas para as mulheres demoram um pouco mais para se acomodar. Até o relacionamento estar estável e, sobretudo, até nos sentirmos protegidas, vamos procurar outras opções. Não conheço nenhuma mulher que não tenha traído o marido ao menos uma vez. Normalmente é no começo. Eles é que não procuram saber. Como somos progenitoras, precisamos nos sentir seguras e demoramos um pouco a nos decidir. O erro foi exclusivamente seu: você não deveria ter lido o diário da sua ex-mulher. Ter tirado uma cópia, então, foi uma covardia sem fim. Se você não tivesse feito nada disso, provavelmente o casamento ainda existiria até hoje. A história seria outra. Tome tudo isso como um conselho de uma pessoa mais velha que te quer bem. Mas você também precisa colaborar. Um abraço, [X].

*

Eu já estava me acostumando a esse tipo de pancada, mas mesmo assim fiquei pasmo. Alterei meu plano e saí para correr. Consegui uma hora e quarenta e cinco minutos sem nenhum intervalo. Tenho uma anotação: a velhota elegante me deixou chocado e eu treinei uma hora e quarenta e cinco minutos sem parar. Lembro-me de tentar repetir a performance no dia seguinte, mas fiquei esgotado com uma hora e vinte minutos. A conclusão é fácil: a raiva agora passa logo. Estou absorvendo os golpes.

Faltavam dois meses e meio para a São Silvestre. Minha inscrição estava feita, mas eu não me sentia seguro. Uma semana depois desse e-mail (minha vida agora era contada por esse tipo de marco), eu já identificava um sinal de pele chegando às coxas. Para correr sem compromisso é suficiente. Mas eu nunca tinha participado de uma prova. Resolvi refazer meus planos de treino. Curiosamente, anotei na margem da folha que precisava rever a Ramona. Talvez eu ainda escreva sobre ela.

A repercussão do meu conto "Divórcio" animou-me o suficiente para terminar o segundo texto, "Meus três Marcelos". Para esse novo conto, reescrevi alguns trechos do diário da minha ex-mulher. Cada linha de refacção me deixava indignado.

Mas outro choque, agora de natureza diferente, de novo me espantou. Um jornalista, que não lembro por que detestava minha ex-mulher, fez chegar a mim a informação, de novo transmitida por ela mesma para uma "amiga" (ela acredita que as "amigas" dela não fazem fofoca), de que a maior jornalista de cultura do Brasil, querendo provavelmente livrar-se da grande besteira da sua vida, havia jogado o diário fora. Ou seja, agora a única cópia que resta é a minha.

*

Resolvi me certificar e duas outras pessoas, entre as tantas que estavam inundando a minha vida de fofoca, foram atrás da informação e de fato voltaram dizendo que ela tinha mesmo jogado o diário fora. Não tive dúvidas, então: descartei a minha redação e no conto "Meus três Marcelos" simplesmente reproduzi alguns trechos do diário da minha ex-mulher.

Três pessoas leram o manuscrito desse segundo conto e me escreveram chocadas. A seguinte frase me mostrou que eu precisava fazer um romance: onde é que as pessoas chegam? Respirei fundo durante outro treino e concluí de novo: o que tenho em mãos é um fenômeno coletivo. Meu corpo ferido, por mais que eu ainda perca energia, precisa portanto virar literatura. De um jeito ou de outro, a assombração inicial era verdadeira. Vim mesmo parar dentro de um livro meu. Dois contos não são suficientes para o tamanho do meu trauma (ou da pele do meu corpo). Preciso fazer um romance.

Percebi que os leitores ficaram muito chocados com os trechos do diário reproduzidos no conto "Meus três Marcelos". A descrição que fiz do que aconteceu depois de ter lido o que minha ex-mulher escreveu sobre mim não reproduz de fato o que senti. Nunca vou conseguir, talvez por algo que já revelei: minha próxima morte vai ser a última.

Não tenho como fechar esse fragmento de outro modo. Ainda que eu me contradiga em outro lugar desse texto e no que eu possa eventualmente dizer sobre essa merda toda em que me joguei, o diário que reproduzo aqui é sem nenhuma diferença o mesmo que xeroquei antes de sair de casa. Aliás, não há uma palavra de ficção nesse romance. As pessoas se afundam mesmo nessa merda toda. O Festival de Cannes de 2011, que condenou Lars von Trier, foi um espaço de cultura doentio (como talvez quase todos), cujo resultado eu sabia com uma semana de antecedência.

Só que ainda não acabou.

*

Fiz diversos modelos de plaquete até chegar à que me satisfez. A primeira edição de "Meus três Marcelos" foi rodada na minha impressora com tiragem de cinquenta exemplares. Como preciosismo, grampeei uma cédula antiga. Arranjei papel metalizado para a capa e tirei duas versões. Uma cor-de-rosa e a outra azul-clara. As duas foram concebidas para causar um choque evidente com o conteúdo. Fiquei feliz com o resultado. Eu estava conseguindo de novo fazer esquemas e cumprir planos.

Divórcio é um livro repetitivo. Já escrevi algumas vezes que o fato de concluir algo que eu tenha planejado me faz bem. Mas como minha cabeça se desarranjou completamente, cada confirmação é um sinal de esperança.

Dei um exemplar para cada um dos alunos do curso e os vinte que sobraram foram distribuídos por aí. Como previa, na mesma noite o livro foi escaneado e compartilhado por e-mail. Em dois dias ele estava praticamente em todas as redações de São Paulo.

Logo, sem que eu fizesse qualquer movimento, comecei a receber manifestações de solidariedade. Ao menos dois jornalistas me pediram desculpas, até hoje não sei bem por quê.

Escrevo esse trecho um ano depois de sair de casa. Minha pele já voltou. Está novinha. Não sou a mesma pessoa, claro, mas superei quase tudo. Só tenho raiva de ser obrigado a levar essa história pelo resto da vida. Um clichê: um jurado humanista do Festival de Cannes e a Catedral de Notre Dame.

*

*

Depois de circular dez dias na internet, "Meus três Marcelos" recebeu duas propostas de publicação. Aceitei uma e ao mesmo tempo resolvi me fechar para terminar o romance que estava escrevendo sobre o suicídio de um grande amigo. Lembro-me de que estava forte.

"Meus três Marcelos" não cita o nome do nosso jurado [X] e muito menos a piada que foi o Festival de Cannes de 2011. Guardei o auge da corrosão para *Divórcio*, embora à época ficasse sabendo que minha ex-mulher, em outro lance de fofoca preventiva, agora começava a espalhar que eu pretendia me vingar através da literatura porque não passo de um marido traído.

Outro dia, um aluno soltou uma dessas frases populares, cuja verdade me parece incontestável: o poço não tem fundo, professor. É verdade. Por isso, *Divórcio* é um romance que vai assumidamente fracassar. Eu queria contar tudo. Mas é impossível chegar lá.

Resolvi não olhar nenhum e-mail e por uma semana fiz contato apenas com a minha mãe e com meus alunos. Com isso, terminei a redação do romance *O céu dos suicidas*. Faltava apenas revisá-lo, o que eu pretendia fazer no começo de dezembro. Dez dias depois.

Na padaria a moça do balcão me disse que a Ramona havia desaparecido. Ela some às vezes. Resolvi correr entre os travestis e de fato ela não estava trabalhando. Eu queria apenas contar que tinha conseguido terminar o livro. Nunca mais a vi. Tenho uma anotação, a última no caderninho dos travestis: as pessoas desaparecem com muita facilidade. Minha história com a Ramona está incompleta também.

*

Como deve acontecer com esse romance, o diário foi a parte mais discutida de "Meus três Marcelos". As pessoas me paravam em corredores de livraria, telefonavam em horários impróprios e não paravam de me mandar e-mails com as mais diversas interpretações. Um jornalista da velha guarda, em um jantar com alguns amigos poetas, levantou a possibilidade de que tudo não passasse de um texto de ficção. Não achei a menor graça.

Uma ex-aluna que conhece bem o jornalismo me deu uma interpretação curiosa: olha, muitos jornalistas são vaidosos. O que ela queria é ficar famosa. Se for isso, conseguiu e devo admitir que, então, manipulou-me de novo.

É claro, ela quer que as pessoas falem dela, de um jeito ou de outro. Há algum sentido nisso: o que mais faria uma jornalista, enquanto trabalha, ir parar no hotel onde estão os jurados do Festival de Cannes a não ser a vaidade desmedida?

Meu querido [X], se o senhor tiver levado seu trabalho a sério, me desculpe. Mas é que o seu nome veio parar em um diário no meu criado-mudo. E a Notre Dame é um patrimônio histórico da humanidade!

Talvez minha ex-mulher tenha resolvido escrever essa merda, depois da brincadeirinha com o cineasta humanista, para basicamente chutar o balde de tudo. Ela estava tentando se livrar da própria vida corrompida e se libertar do que a sufocava. Anos de casos com cinquentões casados que lhe serviam de *fonte*, ganância profissional desmedida e os afetos absolutamente corroídos. Tudo o que compõe a elite brasileira, portanto.

*

Sei as datas pelo meu controle de treinamento: na última semana de novembro, de novo com bastante raiva, eu correria sem intervalo e com um bom ritmo uma hora e cinquenta e seis minutos cravados. Para quem treinava havia apenas dois meses e meio, de fato é um tempo extraordinário. Mas eu tinha motivos: agora, estava enfrentando um grupo inteiro de jornalistas paulistanos.

Junto com o arquivo on-line do conto "Meus três Marcelos", circulavam algumas edições impressas. Eu as tinha feito em casa. Segundo um texto que um advogado redigiu por encomenda da minha ex-mulher, um exemplar chegou às mãos de um jornalista — sempre eles, meu Deus! — que trabalha na produção da TV Cultura, onde minha ex-mulher prestava eventualmente alguns serviços. Muito ético, esse sujeito entrou em contato com ela para dizer que estavam espalhando um diário com o nome dela.

Eu estava no meio de uma aula de xadrez. Minha ex-mulher me ligou, do telefone da redação da revista de creminhos e sapatos caros, e fez a primeira ameaça: você vai ser destruído. Meu professor, como bom jogador, não se abalou e eu, estranhamente, comecei a rir. Víamos uma variante da Defesa Eslava, muito usada pelo atual campeão mundial, Viswanathan Anand.

Duas horas depois, minha mãe me liga avisando que o telefone da casa dela não para de tocar. Acho que é a transtornada. Fui para lá e o palpite estava errado: quem resolveu conversar comigo foi uma personagem que já apareceu aqui, a jornalista bem-sucedida casada com um artista.

Preparei-me para uma corrida de quinze quilômetros, mas enfrentei uma maratona.

*

Quando o telefone toca, minha mãe tenta atender, mas me antecipo. Já no alô, posso falar com Ricardo Lísias?, identifico a jornalista bem-sucedida casada com um artista. Como há algum barulho de fundo, na mesma hora percebo também que a ligação está em viva voz. Provavelmente vão tentar algo. Sou tomado por uma frieza estranha. A mesma que me domina em momentos de muita pressão e que, por exemplo, me fez xerocar o diário e não queimá-lo.

Sou eu.

Então quero dizer para você parar.

Parar de quê?

Então você não sabe?

Não.

Então vou te falar uma coisa. Você está mexendo com muita gente poderosa. A [X] tem o apoio de todo mundo. Ela não está sozinha.

Não entendo.

Você está lidando com jornalistas. Pessoas bem informadas. Então, estamos te monitorando.

Certo.

Sabemos o que você anda fazendo. É melhor você parar.

Parar de quê?

Parar de escrever.

Como é?

Ou você para de escrever ou você não vai enfrentar só a imprensa: vamos comunicar à justiça o que você anda fazendo. Então, você vai enfrentar a justiça, a justiça brasileira!

Depois, bateu o telefone. Com cara de deboche, minha mãe perguntou o que era. Expliquei e ela surpreendentemente riu. Como tem mulher histérica por aí... Percebi que, naquela noite ao menos, a jornalista bem-sucedida casada com um artista não voltaria a telefonar para a minha mãe e, agora sim bastante irritado, resolvi voltar ao cafofo. Já era meia-noite e eu tinha estabelecido que só treinaria de manhã. Mas não consegui dormir. De novo, meus horários estavam desorganizados. Saí para correr e cravei duas horas e seis minutos.

Enquanto procurava a Ramona, fiquei tentando imaginar o que de tão especial eu estava fazendo, a ponto da jornalista bem-sucedida casada com um artista ameaçar-me com a "justiça brasileira". Eu demoraria ainda quinze dias para descobrir.

*

Quilômetro doze
para que ser tão radical?

Quando publiquei "Meus três Marcelos", não imaginei que começaria a ser pressionado para deixar o assunto "divórcio" longe da literatura. Essas coisas, Ricardo, a gente não deve falar em público, quanto mais escrever!

A última frase, por exemplo, ouvi do jornalista que mais tinha feito fofoca sobre minha ex-mulher. Outro veio me dizer que a literatura é grande demais para tratar de questões tão mesquinhas. É verdade que você vai falar do Festival de Cannes? Deixa isso de lado, eles são muito tradicionais.

A primeira vez que rascunhei esse fragmento foi no fim de janeiro de 2012, quando esquematizei com mais profundidade o romance. Estou escrevendo-o no dia 26 de agosto, um domingo. Faz mais de um ano que saí de casa. Nos primeiros seis meses, muitos jornalistas se aproximaram de mim. Almocei com alguns e tomei café com outros. Vários me procuravam semanalmente. Achei que teria novos amigos.

Todos me abasteciam com informações sobre a minha ex-mulher, os métodos de trabalho dela e o tipo de gente com quem ela anda. Eu ouvia com visível prazer e bastante dor. Não estava me ajudando, mas eu não percebia. Reclamei muito da fofoca em alguns trechos desse livro, embora a tenha usado em outros. Só percebi que estava me fazendo mal quando comecei a pensar em literatura. Aconteceu por minha culpa: eu ficava ouvindo.

Ao resolver publicar alguns textos, ordenando a minha dor, procurando dar forma literária ao caos que não me deixava dormir e apostando que a literatura, com o auxílio da corrida, iria refazer a pele que o diário da minha ex-mulher levou, a situação mudou e os fofoqueiros passaram a achar um absurdo que tudo que me contaram fosse registrado. Um deles disse que eu estava indo longe demais. Para que ser tão radical?

Hoje, todos se afastaram. Os únicos jornalistas com quem mantenho contato esporádico desde que se espalhou a notícia de que eu de fato escreveria este livro são alguns dos meus ex-alunos. Para os outros, a fofoca precisa continuar apenas fofoca, já que as pessoas são assim mesmo, o Brasil funciona desse jeito e "todo mundo tem a sua zona cinzenta".

*

A teoria do "lado obscuro do ser humano", a "zona cinzenta que todos nós temos", o "diabinho que a gente precisa domar" e outras inúmeras variações, também apareceu para tentar me convencer de que *Divórcio* não deveria ser escrito. As pessoas, sem nenhuma exceção, carregam um "lado negro" (agora me lembrei de um outro nome que usaram: "a face obscura da lua") que fica guardado em algum canto. A vida é uma enorme luta para contê-lo. Quanto mais perto nossas atitudes chegam de suas fronteiras, mais fácil fica para que esse lugar obscuro invada toda a personalidade.

E a Notre Dame é um patrimônio histórico do ser humano.

Um dos tantos jornalistas que apareceu com essa teoria me disse que ela é um dos centros da obra de Lacan. Em Nova York, minha ex-mulher falou que era um absurdo perdermos um espetáculo da Broadway. É um dos pilares do teatro e do cinema do século XX.

A hipótese sempre desembocava, mesmo à revelia de seus defensores, em uma única variação: no final das contas, eu não deveria ter lido o diário. Ficado calmo e o xerocado, então, nem pensar. Você é um calculista, um repórter mais exaltado concluiu. Qualquer pessoa normal teria queimado as folhas, uma por uma. Publicá-las, Ricardo, é a coisa mais baixa que já vi. Acho muito pior do que passar a noite com um dos jurados do Festival de Cannes.

Nas folhas em que esquematizei o capítulo doze, encontrei um pequeno papel grampeado com o nome de todos os defensores da "teoria da zona cinzenta". São vinte e três pessoas, o que demonstra obviamente o tanto de fofoca que eu estava ouvindo. Duas estão marcadas com um asterisco. O sinal serve para me lembrar de que elas tinham dito algo a mais que as outras. A primeira fez uma advertência: sua ex-mulher pode também mostrar para todo mundo o seu "lado obscuro". Mas era o outro aviso que mais me intrigava. A transtornada e o grupo de jornalistas que tinha resolvido assumir a defesa da "zona cinzenta" dela sabiam algo que eu tinha feito que me "destruiria na justiça".

*

A teoria da "zona cinzenta" é só um recurso para justificar decisões eticamente condenáveis. Aliás, a busca de explicações psicologizantes para todo tipo de agressão ao outro faz parte da história intelectual do século XX e infelizmente escoa, em versões para a digestão do senso comum (o que significa que a hipótese está consolidada), no XXI. Esse ano dificilmente alguém tira o prêmio do Malick, frase que li uma semana antes de o Festival de Cannes de 2011 terminar, resume a união do poderio financeiro com a corrosão de todo tipo de valor ético. Quem, mesmo inconscientemente, revoltar-se contra isso é *persona non grata*.

A falência da ética, inteiramente soterrada pelo interesse financeiro, causa ditaduras tão violentas quanto as antigas. Como elas aparecem acompanhadas por uma variação estranha da palavra liberdade, ficam mais difíceis de ser identificadas. Vou dar um exemplo: e a minha liberdade, depois de ter testemunhado e vivido tudo isso sobre o meu corpo nu, de escrever um livro e ser o mais claro e direto possível?

Acredito que a arte deva desafiar qualquer tipo de poder. *Divórcio* é a minha profissão de fé contra essas neoditaduras.

Sempre me irritaram os romancistas que pretensamente "retratariam o ponto de vista do outro". Aqueles que dão espaço para posições contrárias apresentam vários pontos de vista e relativizam tudo. Parte da teoria literária os tomou como grandes artistas justamente por conta disso: eles não acreditam apenas no próprio ponto de vista e suas personagens e situações sempre mostram o outro lado da moeda. A disseminação desses chavões é normal até nos meios mais especializados. A desonestidade me parece evidente. Os vários pontos de vista são criados pelo mesmo autor e a leitura é determinada por ele. Os mais competentes simplesmente ocultam essa enorme manipulação. Talvez esteja aqui a grande falha ética de muitas obras literárias do século XX. Grande parte da ficção americana das últimas décadas incorre nesse problema. A europeia, menos.

Não podemos ter acesso a nenhum ponto de vista além do nosso, por isso precisamos desenvolver um padrão ético para conviver com os outros. E a ética envolve necessariamente acordos. Quem os rompe vai contra ela, obviamente.

Escrevi esse fragmento apenas para comentar outra expressão que ouvi de alguns jornalistas: então, já que você vai mesmo escrever esse romance absurdo, pelo menos tente compreender o lado dela. Procure retratá-la com honestidade. Pois é, para ser ético com a jornalista de trinta e sete anos que foi cobrir o Festival de Cannes em 2011 e sabe-se lá como, embora a gente imagine e tenha algumas pistas, descobriu uma semana antes do anúncio oficial que esse ano dificilmente alguém tira o prêmio do Malick, a única coisa que posso fazer é reproduzir o diário que ela escreveu depois.

*

A falência ética que herdamos do século XX se manifesta com mais clareza em outro chavão psicologizante. Vou retratá-lo através de um exemplo concreto: "Um torturador é uma pessoa normal que se viu, de repente, em uma situação extrema, sem possibilidade de fazer outra coisa senão torturar."

Ouvi isso de um escritor. Quando reagi, ele me respondeu que qualquer outra explicação culparia o indivíduo e, portanto, seria conservadora. O que estou dizendo, continuou meio exaltado, é que a sociedade, do jeito que está, leva pessoas normais a cometer monstruosidades. Não respondi naquele momento — penso bem melhor por escrito —, mas me parece que inúmeros limites precisam ser rompidos até que alguém esteja em uma situação que o possibilite torturar outra pessoa. Quantas vezes ele não pôde interromper o caminho?

Um outro jornalista, com ar de sobriedade, explicou-me por que o romance *Divórcio* naufragaria: você vai apresentar sua ex-mulher como um monstrinho e se colocar no papel de vítima. Se ela vai ser a pessoa ruim, você necessariamente acaba como o bom. E a arte já está em outro estágio, meu caro.

Para se relacionar afetivamente com alguém, a vida adulta exige ética. Acordos precisam ser feitos e mantidos. Se for para ultrapassá-los, é melhor romper o relacionamento. Adultério é coisa de gente frágil. Aliás, depois de todo o desbunde das últimas décadas, é mais que um clichê: é vulgar e fora de moda.

*

*

O auge da pressão para que *Divórcio* não fosse publicado apareceu na forma de intimidação judicial. Foi quando finalmente descobri o que tinha feito de tão grave para, na cabeça dos jornalistas que andam com a minha ex-mulher, logo ter que "enfrentar a justiça". Em dezembro, quando uma película frágil já estava pregada ao meu corpo, indicando que talvez eu conseguisse algum dia ter de novo minha pele, e minha cabeça estava mais ou menos estabilizada (apesar de não conseguir as oito horas de antes do casamento, eu dormia regularmente), um motoboy tocou a campainha do cafofo e me entregou uma impagável notificação extrajudicial.

Minha ex-mulher gosta de se revelar em textos bizarros. Depois do diário, ela me enviou um documento registrado em cartório com, no final das contas, uma ameaça: se você continuar escrevendo sobre o nosso divórcio, vou te processar. Tenho provas cabais de que você está violando a lei brasileira.

Quando terminei a leitura, ao contrário do que aconteceu com o diário, eu estava pasmo, mas me sentindo forte. Demorei meia hora para conseguir parar de rir. Um advogado tinha se disposto a registrar em um cartório um monte de fofocas propagadas por um grupo inconsequente de jornalistas e depois resolveu que isso iria me assustar. Como se não fosse suficiente, ainda queria que eu marcasse um encontro para me dar uma bronca!

Depois de reler a tal notificação, ainda muito espantado, joguei o envelope na cama do cafofo (onde eu tinha me visto morto) e saí para correr. Acabei diminuindo um pouco o ritmo, mas, quando notei, já estava trei-nando por duas horas e dez minutos sem parar.

*

Quando me acalmei, senti tristeza: fui amigo da minha ex-mulher por alguns anos, namoramos por mais um e passamos quatro meses dentro da mesma casa. Ain-da assim ela não conseguiu perceber nada da minha per-sonalidade. Os leitores deste livro já foram mais longe. Alguém acha que uma folha de papel timbrado com o nome de cinco advogados me deixaria acuado?

Não posso culpá-la. Eu também não sabia que es-tava me casando com uma mulher capaz de se meter em uma lambança desse tamanho.

A propósito, o que os jornalistas que ficaram me aborrecendo depois que perdi minha pele tinham para me ligar e dizer que vou "enfrentar a justiça" é um con-junto de e-mails. Dois deles estão reproduzidos no início do capítulo anterior. Um pouco depois que saí de casa, participei de um fórum pela internet com um grupo de admiradores de literatura e, desolado, fiz um desabafo e disse que pretendia escrever sobre o diário, casamento e divórcio. Quem ainda não aprendeu a estimar as conse-quências do que faz com os outros que agora pague suas contas. Um dos membros da lista passou o e-mail com meu desabafo para um rapazinho que conhece minha ex-mulher e às vezes presta serviços de redator para ela. O garoto, achando-se bastante ético, passou os e-mails para ela. Não vou dizer a profissão dele. Já estou muito repetitivo.

Mas vou extrair uma personagem típica da socie-dade brasileira: o frágil dedo-duro. O rapaz é delicado, fala devagar e costuma ser simpático com todo mundo. É homossexual, mas não gosta de falar disso. Não quer assumir, pois a vida privada dele não é uma questão política. Durante a ditadura militar, senhorinhas simpáticas, religiosas e frágeis ligavam para a polícia política para entregar o paradeiro de membros da resistência que, sabiam elas, seriam torturados.

Nesses meses todos, fiz muitas listas. Aqui por exemplo está outro traço da elite do meu país: quem pode colocar honorários de um advogado no orçamento acha que dispõe do poder judiciário e costuma usá-lo para fazer valer suas vontades ou simplesmente se vingar de alguém. No caso, eu deveria parar de escrever a qualquer custo. Se não, "enfrentaria a justiça" por causa desses e-mails.

*

Primeiro, achei que não deveria sequer responder à tal notificação. Mas, nos treinos seguintes, não conseguia parar de pensar em argumentos. Quinhentos metros com o ritmo mais forte e mostro que é normal a ficção usar fatos reais. Uma subida sentindo um leve incômodo na perna esquerda: quem espalhou por aí que eu tinha xerocado um diário foi minha ex-mulher. Eu não. Completei uma hora de corrida. Vamos perguntar para o juiz como ele agiria depois de ler que a mulher com quem se casara quatro meses antes o acha um imbecil. Bebi água me prometendo que em hipótese alguma aceitaria ameaças.

Só vou recobrar minha pele e me sentir de novo emocionalmente estável se escrever sobre o que aconteceu. Se minha ex-mulher não queria inspirar uma personagem, não deveria ter brincado com a minha vida. No estágio atual da ficção, é preciso que o esqueleto de um romance esteja inteiramente à vista. No meu caso, fizeram o favor de registrar parte do que aconteceu em um cartório.

Divórcio é um livro de ficção em todos os seus trechos. Agradeço às três pessoas que foram fundamentais no processo de recuperação que ele recria, mas que não aparecem na trama. No caso, a profissão delas é o ponto de partida da minha gratidão: meu muito obrigado ao psicanalista Tales Ab'Saber, ao professor de xadrez e mestre internacional Mauro de Sousa e à advogada Andressa Senna.

Com ajuda de vários amigos da área jurídica, redigi minha resposta à notificação. Talvez tenha sido o texto que, até hoje, mais me deu prazer. Fiquei com vontade de estudar Direito.

Quando fui enviar minha resposta no correio, um senhor segurou no meu ombro para pedir uma informação. Senti o calor da pele enrugada dele. Percebi que a minha estava engrossando de novo. Meus olhos se encheram de lágrimas, exatamente como agora.

Ter respondido à notificação com o máximo de força trouxe-me uma sensação de vitalidade. Minha cabeça vai voltar ao lugar que desejo para ela. Tive vontade de contar para a Ramona e para a moça da padaria, mas como sabia que não as encontraria liguei para outra garota.

*

A fofoca não acabou com a notificação. Eu continuava indo atrás dela. Minha ex-mulher estava tentando me denegrir para toda a imprensa paulistana, em parte se defendendo previamente do que imaginava que eu pudesse fazer e, em outra, sentindo enorme raiva por eu ter ido embora sem permitir qualquer justificativa. Ela provavelmente queria que eu aceitasse o famoso lenga-lenga dos psicólogos aproveitadores: vamos ver onde nós dois erramos; a gente está junto nessa; um vai ajudar o outro a superar; o casamento é feito de duas pessoas e a Notre Dame é um patrimônio histórico da humanidade. Ela sabia que meu romance novo, *O céu dos suicidas*, estava para sair e esperava que os colegas não dessem atenção para ele ou, melhor, vingassem a categoria.

Como eu tinha caído no centro de um furacão de rumores, por outro lado, estava com raiva desses mesmos jornalistas. Irritado, porém, enviei parte da minha resposta, em um arquivo PDF, para cinco ou seis, sabendo que logo eles repassariam para os colegas. Dito e feito.

Um pouco depois, quando tinha estabilizado meus treinos em uma hora e meia de corrida em dias alternados e emagrecido quinze quilos, chegou-me outra fofoca estarrecedora. A dona de uma assessoria de imprensa ligada ao cinema tinha começado a promover almoços periódicos em sua casa com editores de suplementos culturais, jornalistas mais velhos e uma ou outra personalidade do meio cultural, sobretudo gente ligada ao cinema. Minha ex-mulher era convidada em todos.

A certa altura, a mulher puxava o assunto e começava então o ritual: a pobre coitada que tinha sido abandonada pelo escritor crápula, aos prantos, lamentava ter aceito uma chantagem e me entregado duzentos mil reais. Os cem mil anteriores já tinham dobrado... Olha aí, George Soros! Além disso, eu tinha invadido à noite o apartamento dela, onde passamos o curto tempo do casamento, e roubado todos os móveis. Como isso pode ser feito não importa.

Aqui tenho outro argumento para defender que essa lama toda é coisa de um grupo social. Por isso, mais uma vez, deve virar literatura.

*

*

Em dezembro, com uma pele nova nascendo no meu corpo, fiz uma lista de todos os argumentos dos jornalistas para que eu não escrevesse *Divórcio*. Ela serviu de base para este capítulo. Ainda faltam alguns engraçados: vai ser um livro de marido traído, então ninguém vai dar bola; sua carreira de escritor vai acabar; você por acaso está querendo ser o Paulo Coelho do adultério?; Ricardo, em 2012 ninguém tem mais paciência para livros moralistas.

Nenhum deles pensou em política. Além disso, preciso revelar: as primeiras pessoas a ler *Divórcio* e, portanto, saber seu conteúdo foram os editores. O resto falou da boca para fora, sem ler nada.

Faltam dez dias para a São Silvestre.

Quilômetro treze
por que não percebi antes?

Dez dias antes da corrida de São Silvestre, um jornalista com quem eu tinha trocado alguns e-mails me convidou para um café. Quero te conhecer pessoalmente. Talvez eu possa escrever algo sobre os teus livros. Quando cheguei, sorriu com a simpatia postiça dessas pessoas hábeis em tirar uma declaração dos outros. Apertamos as mãos e, depois dos pedidos, ele me perguntou como ia o meu romance.

Mandei para a editora. *O céu dos suicidas* deve sair em março. Mas ele estava querendo saber do *Divórcio*. Já fiz uma série de esquemas, escrevi um conto que vai servir de base para o livro, "Meus três Marcelos" (eu li, ele me interrompeu), e pretendo começar a redação propriamente dita em janeiro.

Você parece bem, começou, com o sorriso um pouco mais largo. Fiz um movimento com a cabeça. Eu queria dizer, na verdade, que tudo o que contei foi em *off.* Embora eu já soubesse, resolvi perguntar o que é *off.* No meio do jornalismo, é quando uma pessoa (a *fonte*) entrega outra, mas não quer ter seu nome revelado.

Voltando ao cafofo, fiz um esforço para lembrar o que ele tinha me dito de tão importante. Precisei consultar minhas anotações. Foi só mais um dos jornalistas que me informou o tamanho das perversões do dono do jornal onde ele, minha ex-mulher e um monte de gente trabalharam. Há uma frase curiosa: por isso vários fascistas assinam colunas naquele jornal.

O sistema em que as pessoas fazem denúncias sem precisar assumi-las é dominante na imprensa brasileira. Há três semanas, quando fui aprofundar os argumentos para esse fragmento, comprei a edição dominical do jornal do tarado e li toda a parte de política. Muitas matérias se baseavam em fontes anônimas. As seguintes expressões são recorrentes: "foi visto", "fontes confirmam", "relatou uma pessoa" e, entre outras, "contou um dos presentes". Uma expressão que me parece muito deselegante é "revelou para pessoas próximas".

Sem nenhum destaque, havia a notícia do arquivamento, por falta de provas, de um processo contra uma ex-ministra que havia sido, alguns meses antes, alvo de uma série de denúncias (todas em *off*), por parte da imprensa. Depois, ninguém conseguiu provar nada. Mas ela já tinha perdido o cargo. Na justiça, a testemunha é considerada a "prima pobre das provas". O *off* é a prima pobre e covarde.

Você está sendo monitorado. Esse ano dificilmente alguém tira o prêmio do Malick. Somos pessoas bem informadas. O jornalismo é uma rede. Você e seus livros vão ser destruídos. Quando finalmente me livrei disso tudo, estava alongando as pernas para a largada da corrida de São Silvestre.

Minha pele nasceu de novo. *Divórcio* não é um livro de jornalismo, não tem fontes, não usa *off*, as fotos são de arquivos familiares e o autor do livro, responsável por todas as linhas, é Ricardo Lísias.

*

Quem pensou em contestar o fragmento anterior citando Watergate e o Garganta profunda não está em boa companhia: com certeza repete que a Notre Dame é um patrimônio histórico da humanidade. Pela Broadway passaram todos os grandes nomes do teatro e do cinema.

No caso de Watergate, o *off* serviu para que os dois jornalistas que derrubaram Nixon fossem atrás de muitas outras provas. A *fonte* anônima foi o ponto de partida para uma investigação. Na imprensa brasileira, temos alguns casos assim. A maior parte, no entanto, recebe a informação obviamente interessada de alguém e a publica. Confrontados, muitos bradam um clichê: liberdade de imprensa! Claro que ela deve existir, mas muitos jornalistas no Brasil destroem reputações (e ameaçam pessoas), usam procedimentos de ética bastante duvidosos, apoiam-se em fofocas e escrevem todo tipo de chavão para no final justificar-se dizendo que uma sociedade democrática precisa ter a imprensa livre. Como se isso desse licença para arbitrariedades e anonimatos. Não entendo por que um determinado grupo profissional pode ter licença para tomar atitudes que o ordenamento jurídico repudia.

A chamada grande imprensa no Brasil é controlada por pouquíssimos grupos. São eles, com alguns veículos menores na esteira, que sustentam o comportamento descrito acima. No momento em que reviso *Divórcio*, algumas de suas peças publicitárias cinicamente atacam a internet: ela não teria a confiabilidade dos grandes jornais e revistas. Estão quase desesperados, na verdade, por causa dos leitores que perdem todos os dias. Nesse e em vários outros sentidos, *Divórcio* chuta cachorro morto.

*

Entre as tantas listas que guardei, tenho uma com as opiniões dos jornalistas fofoqueiros sobre esse romance. Todos falaram sem ler. A redação está sendo feita em paralelo à divulgação do meu romance anterior, *O céu dos suicidas*. Tenho ido a alguns eventos e sempre há uma pergunta igual: é verdade que você está escrevendo um romance sobre o seu primeiro casamento?

Não. Estou escrevendo um romance sobre amor e o que as pessoas podem fazer com ele quando estão corroídas. Esse ano dificilmente alguém tira o prêmio do Malick.

Ouvi, porém, duas opiniões que me balançaram. Uma delas veio de um jovem professor universitário que aos poucos está se destacando como hábil leitor de ficção. Ele leu "Meus três Marcelos", o conto que serve de base para *Divórcio*, e encontrou um defeito: o diário é completamente inverossímil. Como é uma cópia, outra vez tive a sensação de estar dentro de um texto.

A verossimilhança deixou de ser um imperativo para a ficção. O mundo real não oferece mais bases sólidas. Mesmo a certeza de que não morri e acabei dentro de um romance meu precisou ser refeita através de tratamento psicanalítico. É um jeito que encontrei para continuar vivendo, dormindo e respirando mais ou menos como fazia antes da ficção inverossímil que foi o meu primeiro casamento.

Outra opinião veio do primeiro leitor de *Divórcio*. Este parágrafo portanto está sendo escrito durante a revisão. O narrador do seu livro parece um guerrilheiro perdido e solitário: atira para todo lado. Gostei muito. Esse tipo de soldado costuma ter a pele forte e desde cedo aprende a resistir. A arte é uma possibilidade de resistência. Você não está lendo um livro de suspense: concluí de fato a Corrida de São Silvestre e no final eu estava me sentindo muito bem.

*

Não reconheço a inverossimilhança como um defeito de *Divórcio*. Mas hoje, treze meses depois de começar a escrevê-lo e portanto dezessete de ter lido o diário, encontro alguns problemas no livro. Já os pressentia durante a redação e deixei o décimo terceiro capítulo para redigir por último para comentá-los.

Acordei há vinte minutos, hoje é 15 de janeiro de 2013. Não trabalhei no livro durante a primeira semana do mês e, na segunda, fiz uma revisão para justamente sentir minhas impressões e organizar o trecho que estou escrevendo agora. Minha pele está bem mais forte.

Os trechos sobre a corrida, que inicialmente estavam planejados para ir aparecendo aos poucos nos capítulos, quase desapareceram do meio para o final. Como leitor, senti falta deles. Do mesmo jeito, a pesquisa sobre o meu bisavô sumiu. Montei duas colagens com o material sobre ele, porém. Cada uma leva ainda um verso do poeta sírio Adonis. Quem sabe as mostre algum dia.

Percebo agora que esse tipo de pesquisa tinha como objetivo me mostrar que eu continuava capaz de criar. Durante o colapso que se seguiu à leitura que fiz do diário da minha ex-mulher, fiquei com medo de minha cabeça não conseguir mais se organizar direito.

Também me lembro de ter, certamente com a mesma intenção, organizado os textos que publiquei nos últimos anos. Retrabalhei alguns e os coloquei, aqui e ali, em *Divórcio*. Claro que esse foi também um trabalho de resgate, aliás como o que fiz com meu bisavô. Criei certa memória porque, enfim, senti que estava me esquecendo de muita coisa. Minha cabeça teve um branco depois que me vi morto no cafofo. O livro serviu como uma tentativa de lembrar. Ainda assim vários momentos da minha vida, sobretudo durante o namoro e o curto casamento com a minha ex-mulher, não voltaram. Não consegui refazer as ocasiões em que, por exemplo, senti-me feliz a ponto de ter me casado com ela. Uma amiga me disse que há uma foto nossa em Paris em frente a uma livraria. Não a encontro nos meus arquivos nem me recordo de nada. Nesse sentido uma parte da minha cabeça e consequentemente da minha vida de fato morreu.

*

*

Como já disse, fiz diversas listas. Eu ia atrás de tudo que desse alguma ideia de organização. Hoje, elas me divertem. Em uma, anotei a imagem que minha ex-mulher e os amigos fofoqueiros dela estavam espalhando de mim:

a) Torturador de mulheres frágeis;
b) Dinheirista;
c) Ladrão de móveis;
d) Chantagista;
e) Ressentido;
f) Escritor louco;
g) Invasor da intimidade alheia;
h) Indiscreto;
i) Mentiroso;
j) Moralista.

Hoje, acho que outro defeito de *Divórcio* é a caracterização da classe média várias vezes citada no livro. É um conceito difícil porque com certeza não serve para todas as pessoas na mesma situação social. Em alguns momentos, coloco a classe alta junto. Talvez eu devesse ter englobado as duas categorias no simples termo "elite brasileira". De qualquer forma, fiz uma lista também:

a) Quer subir na empresa e na vida (que são para essas pessoas a mesma coisa);
b) Não vive sem uma poupancinha no banco;
c) Não respeita as leis de trânsito;
d) Compra réplicas mais baratas de objetos projetados por designers famosos;
e) Viaja para ficar oito horas na fila da Notre Dame, seis na da Broadway e é louca para ir a um museu;

f) Acha que o poder judiciário está a seu serviço;

g) Faz ameaças;

h) Se fecha em grupinhos de autoproteção;

i) Corrói facilmente os próprios afetos;

j) Precisa de uma casa própria a todo custo;

k) Tem delírios de poder. Acredita que pode fazer qualquer coisa que nada vai acontecer;

l) Gente tranqueira.

*

Não entrou na lista, vejo agora, mas outra característica da elite brasileira é a delimitação do que pode e do que não pode ser dito. Alguns discursos no Brasil são proibidos. Já discuti no livro o das drogas ilícitas. O consumo é generalizado e ocorre em todas as classes sociais. Conheci vários jornalistas viciados, inclusive da direção dos veículos de imprensa. Eles fazem matérias alarmistas sobre o consumo de drogas entre as classes baixas. A única coisa que muda entre as camadas sociais, porém, é a qualidade do produto e o fato de que os mais bem de vida, se tomarem pequenos cuidados, poderão usar as drogas que quiserem sem nenhum incômodo por parte da polícia.

A principal função do Estado brasileiro é fazer com que os ganhos históricos de sua elite se perpetuem e ampliem-se ao máximo. Que as estruturas do país estão fundadas em séculos de corrupção e que, por fim, essa gente é um lixo em todos os aspectos, é melhor não dizer.

m) É hipócrita até a raiz.

*

Outro defeito de *Divórcio* deve ser a descontinuidade. Muita coisa aparece, ensaia ganhar um fluxo e depois fica pelo caminho. Não sei se seria honesto creditar essa falha à condição do narrador. A recuperação do meu estado emocional teve idas e vindas, então é natural que detalhes tenham ficado para trás.

Estou com medo de que, na verdade, tenha sido um problema do autor. Depois de um ano de tratamento intenso, em que depositei todas as minhas energias na recuperação do choque que sofri ao ler o diário da minha ex-mulher, não consigo me organizar inteiramente. Mas estou bem melhor: se tivesse redigido as linhas anteriores há oito meses, teria que sair para uma hora de corrida intensa. Do contrário, não dormiria.

Ontem, passei a manhã inteira lendo, pela sexta vez, os doze primeiros capítulos. Notei que muitas lembranças foram desaparecendo. Como eu iria passar o dia sozinho (estou começando a namorar, mas ela tinha um compromisso de família), peguei minha bicicleta e fui até um parque aqui perto atrás de um lugar silencioso. Deu certo, o que me deixou contente, pois parece que retomei um hábito antigo.

Fechei os olhos e senti cada parte do meu corpo. A cidade barulhenta não me importa mais. É a lembrança mais recente que tenho: aconteceu ontem, o que significa que continuo melhorando. *Divórcio* ajudou muito, mas não me trouxe todas as respostas.

Não foi assim com *O céu dos suicidas*. Aliás, ontem no parque me lembrei de uma coisa: justamente quando fui até as margens do rio da Prata, em uma estrada pouco movimentada de Buenos Aires e, impressionado com o volume da água, percebi que estava vestindo uma camiseta que o meu amigo André tinha me dado anos antes.

Nesse momento, a imagem que congelei na memória é a da roupa desaparecendo na água, já ao longe se confundindo com o brilho intenso do sol. Não chorei. Ao contrário, voltei para o hotel e, depois de três horas caminhando com o dorso nu, sentia-me tranquilo. Se tivesse sido uma comunhão, talvez eu me emocionasse. Mas foi uma homenagem.

*

Também não descrevi uma das minhas relações sexuais mais prazerosas. A moto para a três metros de onde estou pedindo carona. Tenho dezenove anos e frequento o primeiro semestre do curso de Letras na Unicamp. Quando me aproximo, a moça pergunta se já andei de moto alguma vez.

É gostoso. Sobe e segura na minha cintura. Ela acelera e, quando estabiliza a velocidade, coloca o corpo um pouco para trás, encostando em mim. Tenho uma ereção muito intensa. Continuo com a mão esquerda na cintura dela, mas ergo a direita até chegar ao mamilo de um dos seios. Ela tem um pequeno calafrio e diminui a velocidade. Já estou suando.

Com a outra mão, procuro a cintura e percebo que ela veste uma calça folgada. Meus dedos deslizam bem e fico acariciando a vagina, àquela altura bem lubrificada, por cima da calcinha. Ela vai parar a moto em algum lugar deserto para trepar comigo. Ao contrário, estaciona onde eu tinha dito que queria ficar, tira o capacete, me dá um beijo e desaparece.

Nunca mais a vi. Como me dissera que fazia doutorado em Engenharia de Alimentos, por três ou quatro semanas fiquei rondando todas as instalações onde poderia encontrá-la. Depois, cansei. Jamais subi em uma moto outra vez.

    No caso das lembranças ruins, não preciso ir necessariamente ao parque para resgatá-las. Minha avó morreu exatamente no dia em que Bin Laden derrubou as torres gêmeas. Aliás, na mesma hora. À noite, saí um pouco do velório para andar sozinho e assisti na televisão de um bar ao início do bombardeio de Cabul pela Liga do Norte. Dessa vez, a tristeza que eu sentia não era paralisante.

    Caminhei mais um pouco e quando voltei vi meu pai pela primeira vez em sete anos. A recordação começa em um clarão de luz sobre Cabul e termina na primeira e única vez em que olhei para o rosto da minha meia-irmã. Cruzei com meu pai alguns anos depois no metrô, mas não conversamos. Não o vejo, pelas minhas contas, há sete anos.

*

*

Tentei escrever sobre a relação fraturada com o meu pai no capítulo três, depois no sete e no oito. Não consegui encaixar o fragmento em nenhum deles. É uma história nebulosa, que começa nessas lembranças quase oníricas da primeira infância e vai até o dia em que o Brasil foi dramaticamente eliminado da Copa do Mundo de 1982. Dali em diante tudo não passou de um distanciamento gradual e irreversível.

Antes do jogo, as imagens são muito esparsas e esmaecidas. Há um carro grande, vermelho e envelhecido, e um par de chinelos de couro. Talvez um homem gigantesco esticado no sofá, mas sou muito novo para distingui-lo com clareza. Por fim, alguns anos depois estamos sentados diante da televisão esperando o jogo da Copa do Mundo começar.

Não consegui descrever essa experiência, com certeza decisiva para a formação da minha personalidade, porque ela não combina com o grau de dramaticidade de cada um dos trechos em que pretendia inseri-la. Como não queria perder o esquema que tinha feito e precisava, de um jeito ou de outro, registrar a experiência, escrevi um texto independente e o publiquei na revista *piauí*.

Quando terminar a redação de *Divórcio* não terei assunto para escrever. Faço uma espécie de "arquivo de temas", com anotações, recortes de jornal, fotos, listas e todo tipo de lembrete do que pode algum dia virar um texto. De vez em quando, abro a pasta e reviro tudo. Já tirei de dentro uma fotografia na Polônia, o roubo das mãos de Perón, o dia em que quase me afoguei e minha ex-mulher não fez nada e a viagem fictícia ao México. Depois que escrevo sobre o assunto, ele sai da pasta.

Meu arquivo de assuntos importantes está quase vazio. *Divórcio* me esgotou.

*

O livro tem ainda outros problemas. Alguns trechos são confusos e a oscilação, obviamente proposital, entre o discurso no passado e em menor quantidade outro no presente pode prejudicar a leitura. Também não consegui esclarecer os diálogos onde deveria colocar aspas. Muitos são imaginados e decorrem da atividade mental intensa do narrador.

Quando saí de casa, precisei canalizar todas as energias na minha recuperação. Por isso, os textos que escrevi são formalmente mais soltos. Como disse no fragmento anterior, estou tentando criar uma nova rotina, com anotações diferentes, outras pesquisas formais e talvez uma mudança nos assuntos preferidos. Tenho curiosidade por saber o que vou escrever daqui a cinco anos.

Infelizmente, porém, esses não são os maiores problemas de *Divórcio*. A redação me ajudou a descobrir algumas coisas. Apesar de às vezes sentir cansaço (não achei expressão melhor) e precisar relaxar em um ambiente silencioso, consigo me organizar relativamente e cheguei ao final de um texto mais longo. Minha pele voltou e o diário da minha ex-mulher, apesar de não achá-lo nem um pouco engraçado — isso nunca vai acontecer —, parece-me hoje ridículo e imaturo. Assim que eu e a editora colocarmos o último ponto final no livro, muita coisa terá ficado para trás.

Mas não consegui responder a uma das perguntas que mais me incomodou desde que saí de casa: por que não percebi antes? Não havia nada para perceber. Descobri as coisas quando elas aconteceram.

Há algo de verdade nas duas frases anteriores, mas elas não me satisfazem. Nem as frases e muito menos a verdade. O comportamento da minha ex-mulher depois do divórcio, apesar de completamente desastrado, indica muito cálculo. Ela não sabe matemática direito, mas mesmo assim inventa equações. Eu descobri o rosto da pessoa com quem casei assim que ela o mostrou para mim. Talvez o meu erro seja fazer a pergunta: por que não percebi antes?

Quilômetro quatorze
quem ficou louco uma vez está
mais perto da segunda

Não percebi antes porque estava apaixonado. É a única lembrança segura que tenho de todo o relacionamento com a minha ex-mulher. Se muito ou pouco, a dimensão desse amor é um mistério. Meus sentimentos, porém, eram sinceros o suficiente para que eu deixasse de fazer perguntas.

Como vem acontecendo desde o início, perco-me em cada parágrafo do livro: não é isso. O amor que eu sentia, grande ou não, não deixava nenhuma pergunta aparecer. Nunca dei espaço para que as dúvidas fundamentais surgissem: essa mulher é capaz de chegar até onde?, quais os limites que ela se impõe?, o que ela realmente procura todo dia quando acorda ao meu lado?

O resto é um enorme vazio na minha cabeça. Talvez seja como um desastre. A gente ouve um estrondo muito forte e acorda alguns dias depois. O amor que eu sentia tornou-se um acidente. Se não, deve ser como aquelas pessoas que um dia a polícia resgata andando na praia. Qual é o seu nome? Não respondo. Não tenho a menor ideia do que estou fazendo aqui. Longe de mim pensar em um naufrágio: levei uma pancada.

Tenho medo de não me lembrar de outros momentos da minha vida, mas *Divórcio* nesse ponto me reconforta. Se houver algo de muito positivo na redação do livro, é a consciência de que preciso começar do zero. Tenho uma pele nova. Partir do nada e construir algo inédito é o que os escritores fazem.

*

O fato é que *Divórcio* não recuperou apenas o meu equilíbrio emocional. O livro e as corridas me trouxeram uma pele nova e agora quero me tornar uma pessoa melhor. Se conseguir uma parte dessa meta, está bom. É como correr meias maratonas com a ilusão de um dia completar uma inteira.

Entrei espontaneamente nesse mar de lama. Não posso culpar minha ex-mulher. Para ser sincero, ela tentou me avisar várias vezes. Durante o namoro, por exemplo, repetia continuamente a mesma expressão: eu sou facinha. Já falei disso. Também tinha orgulho de contar sobre os mil e um casos, embora jamais revelasse que quase todos eram suas *fontes*.

Mesmo os amigos dela me advertiram. Quando ela foi contar para um deles que o casamento estava marcado, o cara bateu nas minhas costas e se admirou. Olha, parabéns: você é um campeão.

Fiquei envaidecido. Eu era muito metido. Agora, depois de uma pancada sob a forma de diário kitsch, já sei que não sou nada de mais. Minha vaidade era tão grande que precisei perder toda a pele para me livrar dela.

De novo, sublinho: não estou justificando a enorme falta de ética, a crueldade sem limites, a vulgaridade e o comportamento clichê e voraz da minha ex-mulher.

Uma carreirista. Um grupo social repugnante. Estou dizendo que entrei nesse mundo espontaneamente. Mais ainda: agradeci bastante satisfeito quando o cara me chamou de campeão.

O amor não é um jogo, mas sim um romance. É melhor colocar o ponto final em um para fazer outro. Estou quase lá.

*

Parece a chegada de uma corrida. A São Silvestre foi a minha estreia. Durante o ano de 2012 redigi *Divórcio* e participei de quatro meias maratonas. No final, quando faltam mais ou menos três quilômetros, a gente conta cada metro. O fôlego também começa a faltar. É preciso ir lá no fundo.

Sem falar no medo de dar errado. Se for para terminar aqui, era melhor nem ter começado. A força precisa sair de algum lugar. Além disso, a dor na planta do pé, que ameaça subir pela canela, não pode receber atenção. Para terminar uma corrida mais longa, como um romance, é preciso deixar algumas coisas de lado: o ideal é mascará-las, para que nada impeça o ponto final. Do contrário, o escritor se torna um daqueles que nunca termina o livro. Normalmente, é medo.

Para quem precisa completar vinte e um quilômetros, dar atenção a uma dor ameaçadora, no final do dezenove, seria autoindulgência demais. É melhor trocá-la pela concentração e procurar ânimo no esforço de quem está por perto. Todo mundo se empurra um pouco para alcançar a linha de chegada. Ontem, li as vinte páginas finais de três livros de Samuel Beckett. Pode parecer estranho, mas eles têm muita ligação com *Divórcio*. Não vou discuti-la. Seria um recurso muito evidente para esconder que estou buscando fôlego lá no fundo.

No final da corrida, porém, a sensação de força é maior que qualquer dor. Na verdade, acho que aquele estranho vigor toma conta do corpo inteiro com tanta intensidade que os incômodos desaparecem. No quilômetro final, não existe contusão.

É mais ou menos assim que estou me sentindo. O livro vai chegando ao fim e, mesmo sem ter conseguido contornar todos os defeitos que enxergo nele, sinto-me forte. Se o meu objetivo inicial era deixar para trás todo o mal-estar que senti ao ler o diário, *Divórcio* é um romance bem-sucedido.

*

A variação estilística do livro chama minha atenção. O começo é tenso e cheio de incertezas. Treme, por assim dizer. Acho que representa bem a situação de enorme angústia que vivi. Comecei a escrever exatamente depois da corrida que vou narrar no próximo capítulo. Ela me trouxe uma pele nova.

Embora ainda estivesse muito incomodado com o surto que tive e o fato de achar que vivia dentro de um livro meu me deixasse irritado e perdido, a parte mais aguda do trauma havia passado no momento da largada. *Divórcio* descreve uma travessia atrás de respostas.

Depois da palpitação inicial, portanto, e do surto ter sido superado, eu precisava de algumas explicações. Por isso, o estilo varia e parece caminhar em direção a uma certa racionalidade. Hoje sei que estou estruturado de novo, embora tenha que sempre viver com uma lanterna no bolso: não quero ter outro surto. O corpo sente muita dor quando está sem pele. O ideal é morrer só uma vez.

Precisarei de contenção daqui em diante. É quase uma condenação. Quem ficou louco uma vez está mais perto da segunda. Agora, percebo outra perda causada pelo meu primeiro casamento: o ímpeto que me trazia bastante fôlego. Para respirar de novo, precisei correr. Obrigado, transtornada. Já estou com raiva de novo.

Mas consigo parar...

Na última leitura, achei alguns parágrafos mal escritos e vários confusos. Não sei o que o editor vai achar deles. Reescrevi alguns, mas quando fui passar para o computador, mudei de ideia. São, afinal de contas, momentos representativos de uma trajetória. As linhas a seguir, por exemplo, só podem ter sido escritas por alguém que, apesar de emocionado, ainda está bastante confuso:

"Se mergulhar nos ruídos do mundo exterior, nos lugares cheios de luzes, música e gente encostando em mim, vou me machucar."

*

Achei algumas respostas. Não vi com quem estava me casando porque me apaixonei. Não sou burro. Simplesmente fui manipulado. Quem dá alguma chance para o amor fica vulnerável. A pessoa amada precisa nos proteger. Tive uma valiosa ajuda para fazer o livro. Quando saí de casa, querendo me culpar pela própria torpeza, minha ex-mulher resolveu entrar em uma vitrine e mostrar para o mundo inteiro quem é. Olha, gente, aquele escritor louco roubou meu diário. Não tem nada de mais no texto. Imagina se alguém vai dar bola para ele: é só um marido traído. Colegas jornalistas, nunca mais escrevam sobre o livro dele. Não vamos dar atenção a esse filho da puta que está perseguindo uma mulher frágil. Você está lidando com jornalistas: estamos te monitorando! Como se não bastasse, ele é um chantagista. Levou todo o meu dinheiro.

O texto, porém, ensinou-me muito sobre mim. Estou curioso com o que os leitores vão achar. Provavelmente, alguns acabem julgando um absurdo a exposição que fiz da minha ex-mulher. A eles, terei uma resposta pronta: é uma personagem. Para ser sincero, acredito nisso. Minha ex-mulher é representante de um grupo, as "pessoas que querem subir na empresa". Gente com ganância profissional.

A única pessoa real exposta neste livro sou eu. Não havia como ser diferente. Estava sem pele e qualquer máscara doía demais. No primeiro mês fora de casa, suava o tempo inteiro. Se tivesse me coberto, talvez me sufocasse. Uma pessoa com tanta falta de ar precisa sair para um espaço aberto.

*

Divórcio pode ser visto como uma manifestação de ressentimento. O cara ficou um ano remoendo um casamento que em quatro meses não deu certo. É o raciocínio típico de quem não conhece os mecanismos da literatura. Estou esse tempo todo achando termos que me pareçam adequados para construir uma determinada narrativa. Escolhi essa porque não tinha possibilidade, doze meses atrás, de pensar em outra.

Nunca tive o menor desejo de vingança. Quando descobri o que minha ex-mulher escrevia antes de dormir, minha principal vontade foi me distanciar o máximo possível dela. Aliás, o ideal era não ter me aproximado. Mas tive inicialmente um ímpeto curioso. Pensei em alguns momentos que as pessoas precisavam saber com quem estavam lidando. Sabem essa moça tão simpática? Olha aí quem ela é de verdade.

Acho que o desejo durou duas semanas. Já falei dele. Deve ter sido logo depois que me vi morto. Então, percebi que precisava concentrar toda a minha energia procurando uma pele nova. Vou me reestruturar.

Em um dos capítulos anteriores, devo ter estabelecido o momento exato. Não vou procurar. Talvez tenha sido durante a redação do segundo conto que deu origem a *Divórcio*. Percebi ali que iria me recuperar. Sinto até alguns sinais da minha pele nova. Fiquei muito irritado por ter vivido toda essa situação. Algumas semanas depois, receberia a notificação extrajudicial e seria tomado possivelmente pelo último sentimento sobre tudo isso: a vontade de me ver livre.

*

Durante o auge da minha raiva, fui injusto com os "jornalistas". Generalizei para toda a categoria o comportamento de um grupo específico. Convivi com pessoas que querem subir na empresa, é verdade. Depois, algumas me ameaçaram. Estamos te monitorando. Se você não parar de escrever, vai ser massacrado. Percebi também como muitos podem ser rasos: afinal de contas, pela Broadway passaram os grandes nomes do teatro e do cinema e a Notre Dame. Não aguento mais a Notre Dame.

Não vou me desculpar ou fazer a política do bate e assopra. É um meio em que a fofoca prolifera. São os profissionais da informação. Além disso, com exceção de alguns espaços específicos, a tendência atual no Brasil é a superficialidade.

Minha generalização foi um erro. Mas não posso deixar de destacar que depois de tudo isso comecei a observar o comportamento da chamada "grande imprensa brasileira" e há de fato muito a ser criticado. Agora, calmo e recuperado, mantenho o que escrevi. Os chefões representam nossa elite (seus anunciantes e leitores) e estão apenas interessados em manter os velhos privilégios. Usam drogas e depois colocam na capa dos jornais a foto de pessoas pobres fazendo a mesma coisa. Generalizei de novo.

Agora faz sentido.

Não posso concordar com essa história de *fontes* anônimas. Richard Nixon nunca teria perdido o cargo se não fosse uma delas. Mas o Garganta Profunda serviu para que os jornalistas fossem atrás de provas materiais. Aqui no Brasil, apenas um *off* já é suficiente. Um dedo-duro fala alguma coisa e no dia seguinte uma notícia é publicada.

Estou me repetindo porque acabei de ler um jornal. Um velho político brasileiro, por quem não tenho nenhum sentimento (quero que se dane), foi condenado pela mais alta corte do Brasil. Segundo a reportagem, membros da cúpula do partido dele se reuniram para traçar uma estratégia. Através da infalível expressão "pessoas presentes relatam que", o jornalista reproduz várias manifestações que teriam sido feitas na reunião. Usam inclusive aspas, o que significa algo como "falaram exatamente isso".

Aparentemente, na reunião estavam um ex-presidente da república, um ex-ministro e mais duas pessoas da alta cúpula do partido. Alguém acredita que um deles depois ligou escondido para o jornalista e contou tudo? Além disso, para que partes de um diálogo sejam reproduzidas literalmente, seria necessário um gravador. O ex-presidente da república fez uma gravação escondido, depois ligou para o repórter e traiu os companheiros e o partido?

Ora, obviamente se trata de uma informação de segunda mão. Alguém falou para alguém que contou para um terceiro que conhece uma pessoa no jornal. A história é boa, garanto seu *off*, vamos publicar. Mas, se a identidade da *fonte* está oculta, quem pode garantir que aquilo de fato aconteceu?

Notícias baseadas exclusivamente em fofocas sem prova material não deveriam jamais ser publicadas. Uma *fonte* anônima não pode ser considerada. Parem de inventar esses diálogos.

*

Parece que eu estava nervoso no fragmento anterior. Ao contrário, planejei tudo para que, em um crescendo de indignação, o narrador chegasse à conclusão final. Eu e ele nos descolamos. Fiz até uma pequenina tabela com as características do narrador que *Divórcio* foi constituindo enquanto eu apaziguava meu trauma. Ela vai ter pouco uso, porém: no próximo capítulo, o narrador sai para que Ricardo Lísias volte à cena. Vou retomar a corrida de São Silvestre que ficou para trás e encerrar o livro com uma carta que de fato assinei.

O que faz então com que *Divórcio* seja um romance? Em primeiro lugar, Excelência, é normal hoje em dia que os autores misturem à trama ficcional elementos da realidade. Depois há um narrador visivelmente criado e diferente do autor. O livro foi escrito, Excelência, para justamente causar uma separação. Eu queria me ver livre de muita coisa. Sim, Excelência, a palavra adequada é "separar-me". Do mesmo jeito, tentei me lembrar de muitos momentos do relacionamento com a minha ex-mulher que tinham sumido da minha cabeça. Nesse caso, não consegui. Enfim, Excelência, o senhor sabe que a literatura recria outra realidade para que a gente reflita sobre a nossa. Minha intenção era justamente reparar um trauma: como achei que estava dentro de um romance ou de um conto que tinha escrito, precisei criá-los de fato para ter certeza de que estou aqui do lado de fora, Excelência. Não vivo dentro de um texto meu.

Não me interessa, mas posso reproduzir aqui a lista de características que fiz para o narrador de *Divórcio*: nervoso, mas sem exageros; odeia o Brasil; é muito irônico e insolente; tem algumas marcas de fraqueza, mas elas não determinam sua personalidade; autoconsciente; politizado; gozador, mas com método; está tentando fingir que não se importa muito com as pessoas.

*

Vamos a mais um fragmento raivoso. Fiz três rascunhos, tentei vários tipos de frase e acho que cheguei ao tom adequado.

Não vou dizer que nunca fiz sexo sem afeto por aí. Aliás, está tudo neste livro, com as devidas variações e omissões. Vivi os anos da minha juventude mais ou menos como todo mundo. Nunca, no entanto, traí ninguém. Não tenho dúvida, adultério é para os fracos. Os fortes se separam. Mentira é para gente covarde. Desde que cheguei a certas conclusões, resolvi ter uma família. A intimidade exige rotina. Ela é repetitiva, portanto. Mas a vida estável, em cuja base está a repetição, só pode ser encontrada em pessoas de fibra. A força é exclusividade de quem cultiva a elegância. Quero algum dia ser assim. Agora tenho uma pele nova. Vou arranjar uma família e uma vida rotineira.

O que pode existir de mais vulgar do que ir cobrir o Festival de Cannes e dormir com um membro do júri? Lamento, meu querido [X], mas se o senhor. A propósito, também estou cansado desse cineasta humanista que foi parar em um diário no criado-mudo da minha ex-mulher. Quem faz cinema de verdade é Lars von Trier, a *persona non grata*.

Enfim, esse tipo de sexo escondido no hotel onde ficam os jurados de um festival de cinema acontece em qualquer lugar do mundo. Não comigo, obviamente. Dou-me ao respeito. No Brasil, porém, as pessoas buscam favores transando com as outras. Tudo por aqui é feito para garantir os privilégios da classe dominante. Ficou famoso o caso de um lobista que contratou uma alcoviteira para montar um bordel em Brasília. Muitos jornalistas deitaram e rolaram com a história. Só se esqueceram de dizer o que eles mesmos fazem.

Repeti os capítulos anteriores. Quero muito ser forte: preciso de mil repetições! Para terminar uma corrida, a gente pensa em cada metro. Uma passada depois da outra, quase todas iguais. Estou chegando lá: falta um quilômetro.

*

Não perdi minhas crenças. Algumas ficaram abaladas, é verdade, mas aos poucos as estou reconstruindo.

Hoje em dia, ninguém acredita muito na força da literatura. Não é o meu caso. Cada linha que redigi durante meu processo de recuperação foi decisiva.

Sempre que acabava sabendo que dois dias antes minha ex-mulher tinha feito uma fofoca para os colegas jornalistas, eu procurava uma folha. Também me apeguei muito a minha biblioteca. Lembro-me de às vezes ficar apenas folheando um livro, sem tentar lê-lo. Só para sentir as folhas na carne viva dos dedos e o ar que elas produzem quando são viradas rapidamente. Nas noites em que não consegui dormir, fiz muito isso. Três ou quatro vezes, troquei a ordem dos livros em algumas prateleiras. Eles estavam organizados, mas eu ficava ansioso para concluir que conseguia pensar em alguma coisa: à direita, os maiores; vou agora dividi-los pela lombada; talvez o melhor seja a semelhança dos enredos, mas não li todos; o ideal é voltar ao sobrenome do autor mesmo.

O fato é que eu me sentia protegido atrás dos livros. O cafofo, onde vim morar, é um pequeno galpão. Já falei dele. Não importa. O cafofo é um pequeno galpão com as paredes cobertas com os meus livros. Eu o aluguei porque na casa onde fui morar com a transtornada minha biblioteca não cabia. Não foi bem isso, hoje eu sei. Premonitoriamente mantive algo distante do meu primeiro casamento. Enquanto estava tendo uma alucinação no metrô de São Paulo depois de ler de um fôlego só o diário, nunca tive dúvidas sobre algo: para onde eu devia ir.

Para cá, perto dos livros. Acredito neles. Agora, mais ainda.

*

Não sei quantas pessoas vão ler *Divórcio*. Provavelmente, um pouco mais do que meus outros livros. Algumas vão gostar tanto que, no mesmo dia, acabarão procurando *O céu dos suicidas*. Em uma livraria, porém, o vendedor lamenta não encontrar um exemplar e diz que pode fazer uma encomenda. O leitor pensa por um instante e desiste. Vou procurar no shopping center sábado. Mas a semana é tão complicada que, quando acaba, ele só pensa em descansar. Depois, meu livro vai ficando para trás, até porque as pessoas leem outros, às vezes muito mais marcantes.

Mesmo eu vou me separar logo. Em breve, receberei um calhamaço para a última leitura. Preciso observar com atenção as sugestões dos revisores e decidir se quero aprová-las. À noite, saio para andar um pouco e penso em alguns projetos novos. Talvez agora escreva uma saga familiar. A dez metros de onde estou houve uma batida de carro. Mesmo de longe noto que há alguém muito triste. Não entre os envolvidos, porque não foi nada grave. Uma pessoa olha e sente uma dor intensa.

O guarda está ocupado arrumando o trânsito. Ninguém vai sequer perceber o tanto que aquele homem, agora a cinquenta metros de onde estou, sofre. Ele resolve sair dali, mas precisa respirar fundo. Aos poucos as pernas obedecem ao comando. Ninguém vai ajudá-lo. As pessoas estão ocupadas anotando os telefones umas das outras. O seguro vai cobrir tudo. O homem já desapareceu. Entrou sozinho em casa. Como todas as noites há quatro anos, a esposa está dobrando a cadeira de rodas do filho, que já pegou no sono e agora, pensa o pai sem fazer barulho, dorme muito bem.

Na Europa, estenderam um belo tapete vermelho. Os fotógrafos sobem atentos na calçada. Não me lembro da marca do vestido da atriz. Na tela ela sempre fica melhor. Os repórteres correm para mandar as primeiras notícias. O mundo glamoroso do cinema vai aos poucos contaminando todo mundo. Nem sempre. Uma moça, no Brasil, se cansa da fila da Mostra (o diretor vem, por isso a bagunça toda) e vai tomar um café. Antes, compra um livro de capa bonita. O exemplar é pesado, tem exatamente oitocentos e cinquenta e duas páginas e um título estranho. Não sei quanto tempo vai custar para chegar a parte dos crimes no México. Mas logo ela se entretém e não escuta mais o barulho que estão fazendo no café.

*

Quilômetro quinze
Octogésima Sétima Corrida
Internacional de São Silvestre

Passei o mês de dezembro enfrentando subidas. A parte mais complicada da São Silvestre, já no final, é a ladeira da avenida Brigadeiro Luis Antonio. Até então, eu tinha corrido apenas em ruas planas. As distâncias foram aumentando e obrigatoriamente criei estratégias para enfrentar problemas diferentes. O que fazer se o cadarço do tênis, por algum motivo, desapertar? Se o laço soltar, não tem jeito. Só parando, o que é péssimo para o treino. É possível resolver qualquer tipo de dor leve alterando a posição do corpo.

Durante os treinamentos, só me lembrei das subidas quando fui estudar o percurso da corrida, um mês antes. Na primeira tentativa, comecei o treino no pé da ladeira. Como meu corpo estava frio, não rendi. Um pouco depois, perdi o fôlego e, assustado, precisei parar. Volto amanhã.

Resolvi então me aquecer correndo cinco minutos em um plano, para só depois enfrentar a subida. Escolhi também uma inclinação mais tênue. Deu certo, mas eu estava exausto no final. Tentei cumprir o tempo que vinha fazendo regularmente. Não consegui. Acho que quebrei quinze minutos antes.

Então, refiz a estratégia. Deixei a subida para o final, mesmo que já estivesse cansado. Na terceira tentativa funcionou e consegui fazer o tempo habitual do treino. Meu corpo terminou pesado e com uma dor leve e desagradável nas coxas e na canela. No treino seguinte, diminuí o ritmo na subida e, quando acabei, tinha corrido cinco minutos a mais.

Fiz o plano inicial de *Divórcio* enquanto enfrentava essas ladeiras. Depois de recobrar o fôlego no cafofo, anotava todo tipo de ideia e lembrança que tivera correndo e me divertia fazendo listagens. Também organizava as anotações que, sem me lembrar como, fiz nos primeiros meses depois de sair de casa. Os dois cadernos que preenchi com esboços do romance estão entremeados com notas sobre os treinos:

1h02 subida leve
1h06 leve e exausto
1h05 leve e melhor
1h10 + inclinada. Bom.

*

Encerrei o treinamento dois dias antes da prova. Eu queria descansar e não pretendia correr o risco de sofrer uma lesão de última hora. Depois de vinte dias enfrentando ladeiras cada vez mais longas, uma pequenina dor na virilha e uma bolha ameaçando aparecer no pé esquerdo me assustavam.

Não consegui ficar no cafofo e acabei saindo para três longas caminhadas a pé. Com um livro na mochila, cruzei duas vezes a avenida dos travestis atrás da Ramona. Nunca mais a vi. A bolha desapareceu estranhamente durante a segunda caminhada. De noite, fiquei imóvel e, com as mãos, cheguei toda a minha pele nova. Rejuvenesci um pouco. Durante a noite que antecedeu a prova, sonhei que tinha fechado os quinze quilômetros em menos de uma hora.

Dormi muito bem. A manhã demorou a passar. Fiquei o tempo inteiro organizando os últimos esboços de *Divórcio*. Nada me faria desistir do plano de começar o livro no dia 2 de janeiro. Minha cabeça se estruturou de novo. Comecei a rir. Não estou dentro de um texto que eu mesmo escrevi.

Na hora do almoço, tive a mais absoluta certeza de que terminaria a corrida. Daqui a alguns poucos anos, meu primeiro casamento vai ser só uma burrada. Minha ex-mulher, a sombra do maior erro que cometi na minha vida. Esses jornalistas que gostam de ameaçar os outros, um pessoal bem informado, estarão longe.

A tarde custou ainda mais a passar. Comecei a ficar ansioso. Se fosse agora, talvez o sonho de fechar a prova em menos de uma hora se realizasse. Estou louco para correr.

Resolvi assistir na internet aos vídeos dos atletas vencendo as edições anteriores. Apenas corridas de cavalo são mais belas do que as conclusões das provas de atletismo. Alguns vencedores ajoelham e outros respiram fundo. Vi um brasileiro sorrindo. Está na hora de sair de casa. Logo começa a corrida e um pouco depois da chegada vai terminar o pior ano da minha vida.

Acabou.

*

Sinto um enorme prazer agora. Para retomar a corrida no livro, precisei buscar todos os fragmentos em que falei dela. A largada foi um caos. Em agosto, logo que saí de casa, achei realmente que estivesse morto. A história de acabar dentro de um texto que eu mesmo escrevi me impressiona até hoje, mas de um jeito diferente. Recorri à literatura porque não tenho mais nada.

Depois, comecei a correr. *Divórcio* é um livro que vai mudando no caminho. No começo eu achava que minha recuperação fosse demorar muito mais tempo. Custei para encontrar a descrição do momento em que começou a chover. Eu estava me estabilizando na prova, sem dores ou grandes incômodos, e a água no rosto me aliviou. Tomara que esse ano chova de novo. Completei minha primeira São Silvestre em 1h25. Esse ano quero ficar abaixo de 1h20. Quem corre sabe que é uma diferença grande.

Planejei uma parte do romance durante a corrida. Não me lembro de tudo o que pensei. Os trechos sobre o meu bisavô, com certeza. Não é como vir do Líbano para um lugar desconhecido, claro. Mas se ele estivesse vivo hoje, com uns cento e vinte anos, eu daria um jeito de contar que também fiz uma travessia.

A corrida nos deixa empolgados. Venci o marco dos dez quilômetros. Agora só faltam cinco. Estou muito bem. É só continuar que os metros vão passando. Resolvi olhar a arquitetura do centro velho de São Paulo. Pessoal, a subida vai começar, alguém falou. Não me importei muito: estou preparado. Achei a demonstração de solidariedade bacana. São meus novos amigos. As pessoas vão juntas. À minha direita, também com a corrida estabilizada, um cara tirou do bolso uma pequenina máquina fotográfica e me pediu para tirar uma foto. Depois coloco na internet, justificou.

Se eu tivesse feito a mesma coisa, hoje poderia olhar o registro de um momento feliz.

*

Quando entramos na subida, já na parte final da corrida, eu estava pensando no meu avô. Senti vontade de chorar. Olhei com medo ao meu redor. Talvez pensem que estou me sentindo mal. Não é nada disso.

Resolvi chorar pela última vez por causa do meu primeiro casamento. Enfim, é uma história pequena, cheia de personagens mesquinhas. Gente pobre que vai em restaurante de rico.

Minhas pernas pesaram. Procurei me concentrar e joguei o corpo um pouco para a frente. Alivia. Como a chuva tinha deixado o chão escorregadio, comecei a pisar com mais cuidado, o que multiplicava o peso das pernas. Ao meu lado, todo mundo estava concentrado em vencer a ladeira. Começou então um temporal. O tipo de chuva que me assustava aos dez anos. Sem relâmpagos, mas com pingos grossos e pesados.

Em poucos metros, o céu tinha se acinzentado ainda mais. A essa altura, uma chuva de granizo seria desastrosa. Percebi que a camiseta estava grudada a minha pele por causa da umidade. Um calafrio percorreu meu corpo. Como estava quente, notei o choque térmico e acho que por quatro ou cinco metros fiquei tremendo. Minha pele é muito nova. Se eu puxar o tecido, talvez ela venha junto e vou ficar de novo em carne viva.

Esfreguei a camiseta no abdômen e a água escorreu. Não senti dor. De súbito, estiquei o tecido para a frente. Ele foi se soltando, do umbigo à parte posterior dos mamilos. Minha pele estava intacta. A chuva começou a escorrer pelo meu pescoço. Devo ter corrido por volta de duzentos metros desse jeito. Agora falta pouco para acabar a subida. Falta pouco, alguém gritou perto de mim.

*

No final da subida, quando a gente consegue enxergar o cume, as pessoas se ajudam. Aqui e ali, os incentivos fazem com que o corredor não preste atenção ao peso das pernas. A chuva tinha diminuído, mas o chão continuava muito liso. Reparei em um bloco de policiais que corriam juntos. Eram por volta de dez, repetindo uma espécie de grito de guerra. Fiquei perto deles por alguns metros. Parece filme.

Comecei a rir e, nos últimos metros da subida, resolvi me aproximar do público. Mesmo com a chuva, as pessoas ficavam se apertando na calçada. Por muitos motivos, de fato ajuda. Desistir ali, por exemplo, além da frustração, seria uma vergonha. As pessoas não deixam: falta pouco, você consegue!

Algumas crianças estendem a mão. Os atletas profissionais não gostam de tocá-las. Eles vão concentrados até o final. Mas aqui atrás a gente está fazendo muita força para terminar a subida. Lembro-me de um garoto com a camiseta da seleção brasileira. Quando crescer, vai estar aqui no meio. Até mesmo os policiais de plantão na calçada começam a incentivar.

Mais cinquenta metros e essa subida acaba. Dá para ver o pessoal chegando lá em cima. Eles se viram, alguns dão pequenos saltos e vários erguem os braços. Eu mesmo estou a poucos metros. Seria um erro tentar checar a situação do meu corpo agora. Nada vai me impedir de subir correndo esses últimos dez metros. Prefiro quebrar a perna ou desmaiar sem fôlego. A gente vira especialista em medições: cinco, quatro. Sou um engenheiro com uma fita métrica. Na verdade, sou um atleta. É como me sinto agora aqui em cima, olhando para trás. Meus braços também estão para o alto.

Acabou.

*

Quando termina a subida, as pessoas comemoram. Conseguimos. Para nós, a corrida terminou. Ainda faltam dois quilômetros, mas eles não representam nenhuma dificuldade. É só continuar. Respirei fundo. Um cara acenou e trocamos cumprimentos, batendo a palma das mãos. Na escola era assim. Na época da faculdade, eu pretendia ser um intelectual. Até uma tese de livre-docência eu queria escrever.

Minha cabeça voltou a se ordenar. Meu último livro, daqui a uns quarenta anos, vai ser um romance com uma história muito diferente deste. Quero que *Divórcio* fique para trás.

Pensei em tudo isso nos últimos dois quilômetros. Tive uma vontade enorme de rir quando a chuva voltou. Dessa vez, um temporal gigantesco. Uma das tempestades mais fortes que já testemunhei. Estou aqui no meio, completamente ensopado. Minha pele suporta essa água toda.

Quem estava perto de mim ouviu a gargalhada. Uma enxurrada começou a tomar conta de parte da rua. Quanta lama, pensei. Vi adiante o marco com a linha de chegada. Acho que vou disparar.

Melhor não. Com o asfalto molhado, posso me desequilibrar. Vou aos poucos. Parabéns para o senhor também, obrigado. Esse já deve ser avô. Se não estivesse chovendo, o netinho teria vindo esperá-lo. Ele é forte e me ultrapassa. Um casal acaba de cruzar na minha frente a linha de chegada. Agora sou eu.

*

Procurei o relógio para conferir o tempo. Menos de uma hora e meia. Os corredores acumulavam-se na dispersão. Ninguém tentava se proteger da chuva. Por alguns instantes, procurei um rosto conhecido. Besteira, vim sozinho.

Minhas pernas estavam duras. Massageei as coxas com a palma da mão direita, usando a esquerda para apoiar as pernas. Sentei no chão. Aos poucos, a poça de água ao meu redor foi aumentando. Dois caras começaram a pular perto de mim, comemorando o tempo que tinham acabado de fazer. A água respingou no meu rosto. Precisei esfregar os olhos.

Saí andando no meio da chuva. Um cara reclamava de alguma coisa, outro estava começando a ficar tenso porque, de jeito nenhum, lembrava-se de onde tinha combinado se encontrar com a esposa. Com essa chuva, ouvi um terceiro dizer, ela deve ter ido embora.

Em outra poça de água, ensaiei fazer uma dancinha. Senti vergonha. Bati o pé esquerdo na água e fiquei olhando os círculos de ondinhas desaparecerem. Um táxi se recusou a me colocar para dentro. O senhor está certo. No meu estado, depois que eu descer vai ser preciso comprar um banco novo. Mas quero contar: terminei a São Silvestre, minha primeira corrida, em 1h25.

Voltei de metrô. No vagão, vi que um garoto apontava para mim e comentava algo com a mãe. Eu ainda não tinha tirado o número de peito da camiseta. Fiz um sinal de positivo, mas ele olhou para o outro lado. Deve ser tímido. Perto de casa, tirei os tênis dos pés e, um ao lado do outro, deixei-os em um cantinho. Ainda estão bons, quando secar, alguém pode aproveitá-los.

Tomei um banho e deitei. Daqui a três horas as pessoas vão comemorar o ano-novo. Minha família tinha viajado. Resolvi passar o réveillon sozinho. Pela primeira vez em seis meses, peguei a cópia do diário da minha ex-mulher e, como tinha feito antes, li tudo de uma vez só. Nunca ninguém me ofendeu tanto. Mas o texto é brega e mesquinho. Uma enorme e pretensiosa tolice. Joguei-o no lixo. Junto, estava a carta que acompanhou minha resposta à notificação extrajudicial que tentou impedir que *Divórcio* fosse escrito e, consequentemente, que eu me curasse. Ela foi escrita mais ou menos dez dias antes da Corrida de São Silvestre.

*

Uma resposta ao caos: sobre o amor

> O cisco em teu olho é a melhor lente de aumento.
>
> T. Adorno

Oi,

Vou usar a primeira pessoa para retirar a distância jurídica que você resolveu adotar.

Não tenho palavras agradáveis para dizer. Eu preferia estar aproveitando meu tempo de outra forma — e gostaria que você também estivesse usando o seu com algo mais saudável. O que você vai ler é fruto exclusivamente da continuidade das suas ações. Com a sua idade, você já deveria ter aprendido a medir as consequências do que faz.

Antes de tudo achei ridícula a tentativa de me intimidar via essa notificação extrajudicial. Também me parece sintoma do seu inteiro descontrole a carta que minha mãe recebeu hoje cedo. Você a digitou e não assinou, possivelmente para depois dizer que não a fez. Só que o sistema de câmeras do prédio captou o envelope sendo entregue.

Se você quer continuar submetendo-se ao ridículo, proponha mesmo uma ação judicial. Meu advogado já organizou minha defesa, inclusive quanto a todos os e-mails que escrevi sobre o assunto.

Na verdade, o que você procura é manter um vínculo comigo. Você não compreende o amor e o torna sinônimo de caos. Vou tentar ser claro: suma da minha vida!

Sobre o que nos ligou, posso dizer sem assombro que de fato amei você — por isso disse *sim* no dia do nosso casamento. Por causa do meu sincero amor, cometi o maior erro da minha vida. Espero nunca mais usar tão mal a palavra *sim*.

Eu adorava acordar mais cedo para escrever e depois preparar o café da manhã para você. Era muito prazeroso esperar, na nossa casa, você chegar da natação para jantarmos. Eu estava tão apaixonado que achava você a mulher mais atraente do mundo. O seu vestido, no dia do casamento, encantou-me.

Você, porém, não conhece a natureza do amor. Foi esse desconhecimento que fez você destruir o casamento, com toda indiferença, depois de quarenta dias da festa. É a mesma ignorância afetiva que impede você de se desvincular de mim. Então, compreenda: você perdeu tudo o que eu te oferecia. Agora, é tarde.

O que eu sentia por você se encerrou quando li o seu diário. Você o largou aberto no meu caminho. Talvez lê-lo tenha sido o meu último ato amoroso. Fiz a sua vontade.

Na cartinha que deixou no prédio da minha mãe hoje cedo você diz que as mulheres compreendem suas atitudes. Penso que não. Primeiro, é capaz de torturar o marido, agora representa o papel de frágil e vítima. Para você, a representação social é tudo. Vá encená-la em outro palco.

Além disso, parece-me muito previsível e confortável agora você se desequilibrar. Sempre tão simpática, de repente perde as estribeiras...

Você pretende me culpar por ficar "meio maluca"? Mais um artifício para não enfrentar a realidade.

Como ato de despedida (não vá me responder), digo que você precisa me esquecer. O caos em que você se instalou só vai se desfazer quando você finalmente se desvincular de tudo que diga respeito ao meu nome.

Suma.

Peça para suas amigas histéricas não falarem mais sobre mim. Não olhe meu perfil no Facebook nem leia meus textos. Se alguém falar de mim para você, interrompa. Aos poucos, você vai me esquecer.

Fuja também da boataria em que você se instalou. Foi um erro grotesco sair por aí dizendo que sou louco, mau-caráter e chantagista. Você deu uma enorme publicidade para o caso e começou a se enforcar na própria corda.

Você se dá ao direito de mentir sobre mim por todo lado, mas acha que pode impedir-me de escrever um texto de ficção. Sempre querendo tudo!

Essa história de que posso te agredir fisicamente é mais um recurso para tornar-me culpado. Entenda: nosso casamento acabou por culpa única e exclusiva sua. Deixe de ser torpe e mentirosa.

Já que seu psiquiatra e seu psicólogo não dizem, vou eu mesmo fazer o trabalho deles: seja agora responsável pelos seus atos. Aguente o que você fez. Tenho, sim, o direito de elaborar ficcionalmente a violência a que fui submetido. Faça alguma coisa melhor do que escrever cartas anônimas para a minha mãe (note como vou assinar tudo o que estou dizendo) e vá ler o *De profundis* do Oscar Wilde.

A propósito, senti mesmo muito ódio de você no mês de agosto. O que você queria? Para me casar, desmontei meu apartamento. Investi todas as minhas forças em fazer você feliz e apostei tudo o que tinha no amor que estava sentindo. Enquanto isso, você colocava uma máscara e fazia mais uma das apresentações sociais de que tanto gosta. Para você, o casamento foi só um teatro.

Talvez a única irritação que eu ainda sinta seja por conta de todo esse enorme clichê em que você chafurda e me arrasta.

Deixe-me em paz. Suma.

Sei que é difícil para você encontrar o próprio "eu". Você nunca descobriu de fato quem eu sou simplesmente porque sequer sabe quem você mesma é. Por isso você se constitui no outro e não para de falar nesse "círculo pessoal". Se tivesse minimamente conhecido o homem com quem se casou, saberia que não me assusto com folha timbrada, o nome de cinco advogados e um cartório. Tenho a consciência tranquila inclusive quanto à justiça.

Você só vai se libertar de mim e sobretudo do caos quando entender uma coisa: assuma, sobretudo para si mesma, a culpa do que fez e não tente me tornar o culpado. É como Wilde disse no texto que recomendei: "Se encontrares uma só falsa desculpa para ti, não tardarás a encontrar cem, e serás exatamente o que era antes."

Do mesmo jeito, se possível, pare de ouvir esse "círculo pessoal". Faça alguma coisa por si mesma pela primeira vez na vida. Seja uma pessoa, não o membro de um comitê. Essas meninas são histéricas — ficou claro para mim na ligação que sua amiga me fez, ao me ameaçar com as "garras da justiça" e reafirmar outra ameaça que você já me tinha feito: a de que estou "lidando com jornalistas". Pode até ser, mas tenho que dizer que o salto alto de vocês não controla o mundo. De onde sai tanta ilusão de poder?

Muitos jornalistas cometem erros incríveis, entregam as pessoas, julgam todo mundo, utilizam procedimentos eticamente questionáveis, mas não aceitam que ninguém fale deles.

Você tem um longo caminho pela frente. Primeiro, corte-me da sua vida (isso exige, repito ainda outra vez, que você pare de mentir sobre mim para seus colegas e também que deixe minha mãe em paz); depois, procure afastar-se da crueldade e da vileza que fizeram você me torturar enquanto eu dormia (o que exigirá que você esqueça essa ideia de que "as mulheres são assim mesmo") e então descubra quem você é de verdade. Pare de se constituir através dos outros: preencha o nada onde você se apoia com alguma coisa mais digna.

Torço para que você se descubra a mulher que viajou comigo para Paris, e não o estranho ser que me esperava dormir em Nova York para me torturar e vilipendiar ou a profissional perdida que devia estar trabalhando durante o Festival de Cannes e não corroendo o caráter atrás de um "furo" e em troca de um jantar caro e uma historieta qualquer.

Depois, espero que você ache alguém para amar e que também ofereça o mesmo a você. Estou falando de um afeto verdadeiro e não de sua queda por posições sociais, limites de cartão de crédito e exibicionismo de salão. A sua vida de mulher bem-sucedida é um desastre.

Quero muito que você se cure, sobretudo porque assim vai me deixar em paz. Pare de estimular nos outros a vontade de ler meus textos. Em resumo: vá resolver o que você fez com a sua vida longe de mim. Suma, conforme-se e me esqueça para sempre.

Boa sorte,

Ricardo Lísias.

1ª EDIÇÃO [2013] 4 reimpressões

ESTA OBRA FOI COMPOSTA EM ADOBE GARAMOND PELA ABREU'S SYSTEM E
IMPRESSA EM OFSETE PELA LIS GRÁFICA SOBRE PAPEL PÓLEN SOFT DA SUZANO
PAPEL E CELULOSE PARA A EDITORA SCHWARCZ EM OUTUBRO DE 2016

A marca FSC® é a garantia de que a madeira utilizada na fabricação do papel deste livro provém de florestas que foram gerenciadas de maneira ambientalmente correta, socialmente justa e economicamente viável, além de outras fontes de origem controlada.